HURLER

LES LOUPS DE WINTER PASS – 1

KAYLA GABRIEL

Hurler
Copyright © 2020 par Kayla Gabriel

Tous droits réservés. Aucune partie de ce livre ne peut être reproduite ou transmise sous quelque forme que ce soit ou de quelque manière, électrique, digitale ou mécanique. Cela comprend mais n'est pas limité à la photocopie, l'enregistrement, le scannage ou tout type de stockage de données et de système de recherche sans l'accord écrit et expresse de l'auteure.

Publié par Kayla Gabriel
Hurler

Crédit pour les Images/Photo : Deposit photos: Angela_Harburn, HayDmitriy, zamuruev, Curioso_Travel_Photography

Note de l'éditeur :
Ce livre a été écrit pour un public adulte. Ce livre peut contenir des scènes de sexe explicite. Les activités sexuelles inclues dans ce livre sont strictement des fantaisies destinées à des adultes et toute activité ou risque pris par les personnages fictifs dans cette histoire ne sont ni approuvés ni encouragés par l'auteur ou l'éditeur.

BULLETIN FRANÇAISE

REJOIGNEZ MA LISTE DE CONTACTS POUR ÊTRE DANS LES PREMIERS A CONNAÎTRE LES NOUVELLES SORTIES, OBTENIR DES TARIFS PREFERENTIELS ET DES EXTRAITS

https://kaylagabriel.com/bulletin-francais/

1

— J'y crois pas de me retrouver dans une galère pareille, marmonna Penny Harding en essuyant les larmes qui lui montaient au yeux d'un revers de main.

Elle se pencha en avant et plissa les yeux pour essayer de voir à travers le pare-brise de sa vieille Honda bleue compacte, mais sans succès. La vitre embuée ne cachait que l'épaisse couverture de neige fraîche qui s'étendait à perte de vue dehors.

Tendant la main pour essuyer la vitre une énième fois, Penny se rendit compte qu'elle n'arrivait presque plus à voir la route. Un sentiment de panique commença à monter en elle quand elle réalisa qu'elle aurait peut-être à faire demi-tour et serait obligée de retourner dans le cauchemar qu'elle essayait de fuir. Alors que les larmes menaçaient encore une fois de couler librement sur ses joues, elle arrêta la voiture. Elle ne chercha même pas à se garer sur le bas-côté, elle était tellement au milieu de nulle part, que croiser une autre voiture aurait été plus qu'étonnant. Et par ce temps, c'était encore moins probable que de gagner à la loterie et se faire frapper par la foudre le même jour.

De toute façon, Penny n'avait pas ce genre de chance, elle n'en avait d'ailleurs jamais eu.

La radio était allumée en fond sonore et elle capta quelques bribes de ce qui semblait être une interview. Un homme parlait à une femme, sur un ton si sérieux et si dramatique, qu'il lui donna envie de lever les yeux au ciel. Et pourtant, elle sursauta à la mention du mot *loup-garou* et malgré les parasites, elle tourna le bouton du volume pour mieux entendre l'émission.

Madame est-il vrai que vous étiez précédemment en couple avec un loup-garou ? Il vous a séduite et est arrivé à ses fins ?

La réponse de la femme fut encore plus stupide que la question, une tirade toute droit sortie d'un feuilleton à l'eau de rose.

C'est tout à fait exact Jack. Il m'a dit que j'allais être sa compagne... il a essayé de me kidnapper... j'étais tellement terrifiée. Il s'est servi de moi pour...

Et cela continuait encore de la même manière et Penny eut l'impression que la femme interviewée n'était pas tout à fait honnête. Toutes les photos qu'elle avait pu voir de loups-garous montraient des hommes sexy, robustes sur lesquels la plupart des femmes rêveraient de jeter leur dévolu ou encore des femmes magnifiques qui faisaient fantasmer la plupart des hommes.

Penny aurait bien voulu de ce genre d'hommes dans sa vie, aucun doute là-dessus. Ç'aurait été en tout cas bien mieux que tous les minables qu'elle avait fréquenté ces derniers temps et sa vie aurait été tellement plus intéressante que celle qu'elle menait dans le trou perdu dans lequel elle moisissait actuellement, en priant de trouver une porte de sortie.

— Mais qu'est-ce que je suis revenue foutre à Winter Pass, bordel ? hurla-t-elle en frappant le volant du plat de ses mains. J'y crois pas, je suis vraiment trop bête !

Serrant violemment le frein à main, elle s'allongea sur son siège, ferma les yeux et prit une grande inspiration. Elle essaya de se convaincre que les choses n'étaient pas si terribles et que sa vie n'était pas si misérable. Elle voulait penser que ce n'était qu'une mauvaise journée, mais c'était très loin d'être le cas. C'était plutôt un mauvais mois. Voire même une mauvaise demi-décennie si elle était honnête avec elle-même.

Même si elle détestait la petite ville de Winter Pass, la mentalité étriquée de ses habitants et son éloignement de toute ville digne de ce nom, les choses n'avaient fait qu'empirer depuis qu'elle en était partie. Même pendant ses études à l'université, elle était restée proche de sa ville, réussissant à passer ses diplômes avec les félicitations du jury, malgré le divorce épouvantable de ses parents et le remariage en grande pompe de sa mère avec un homme riche.

Quand son nouveau beau-père, un avocat véreux et aspirant politicien, nommé Steve lui avait fait des avances de manière très insistante et répétée, elle n'avait pas hésiter à le dénoncer. Mais sa mère avait refusé de la croire, ce qui l'avait dévastée et l'avait également décidée à quitter sa ville natale sans un regret.

Après avoir déménagé en ville pour prendre un boulot ingrat de professeur d'art plastique dans un école privée à la mode, la Heston Academy, Penny était tombée nez à nez avec son ancien petit ami. Étrangement, lui aussi s'appelait Steve. Il était agent immobilier, ce qui était suffisamment différent pour qu'elle se laisse convaincre. Penny aurait pourtant dû deviner qu'il allait se révéler tout aussi affreux que son beau-père, mais *nooooooon*.

Elle avait refusé de voir les défauts de son nouvel homme, même quand elle l'avait pris à lui raconter de petits mensonges. Puis de plus gros et de plus douloureux. Même quand elle avait retrouvé des traces de rouge à lèvre sur le col de ses chemises et un parfum inconnu sur sa peau, ce qu'il balaya d'un revers de la main. Et même quand il lui emprunta de grosses sommes d'argent, qu'elle amputait sur son maigre salaire d'enseignante, lui promettant de gros bénéfices sur un coup immobilier qui se révéla bien sûr être un fiasco et engloutit toutes ses économies.

Non, non. Rien de tout cela n'avait réussi à la dissuader, tellement aveuglée par son attachement. Après tout, Penny n'était une petite rouquine, bien en chair recouverte de taches de rousseurs et une personnalité assez réservée. Steve quant à lui, était dragueur, musclé, bronzé, son exact opposé. Mais pour tout dire, Steve non plus n'était pas bien grand par certains côtés. Et ne savait pas vraiment la... satisfaire... pleinement au lit. Mais elle était passée outre.

Pendant tout ce temps, elle s'était demandé pourquoi il était avec elle, alors qu'il aurait pu être avec quelqu'un d'autre.

Puis arriva le jour où elle le surprit avec quelqu'un

d'autre. Avec sa chef pour être précis. La grande, élégante et prétentieuse directrice de l'académie Heston. Elle avait surpris Steve en train de besogner madame la directrice Samuel sur son bureau pendant ce qui était normalement le seul midi de semaine où Penny et lui prenaient leur repas ensemble. Il avait annulé à la dernière minute et Penny, essayant d'être gentille, était tout de même venue le retrouver avec des plats à emporter.

Au lieu de cela, elle avait découvert un tout autre spectacle. Quand sa chef la remarqua enfin, pétrifiée avec ses sacs en papier kraft contenant hamburgers et frites serrés dans les poings, elle repoussa gracieusement Steve et se redressa. Puis, elle redescendit sa jupe, la lissa et s'éclaircit la gorge.

Bon, je suppose qu'il n'y a pas de meilleur moment pour vous l'annoncer, mais Heston Academy a décidé de repenser votre poste, Pénélope. Nous vous laissons partir.

Ça ressemblait beaucoup à ce que lui avait dit Steve peu de temps après, après avoir roulé en silence jusqu'à l'appartement qu'ils partageaient.

Tu n'es pas ce dont j'ai besoin, Penny. Regarde-toi, regarde-moi ! Tu t'attendais à quoi, franchement ? Mais prends ton temps pour déménager...

Trois semaines plus tard, les choses allaient si mal que lorsque son hystérique de mère l'avait appelée pour l'inviter à passer un long week-end à la maison, en lui disant que son beau-père était parti en retraite je ne sais où et *qu'elle ne le dérangerait donc pas*, Penny sauta sur l'occasion. Toutes ses affaires étaient dans un box de stockage, vu que le bail était uniquement au nom de Steve. Elle n'avait plus de travail et rien d'autre en vue.

Ambre, la soi-disant amie chez qui elle s'incrustait, lui avait poliment demandé de trouver un autre endroit où aller, car elle commençait vraiment à lui porter sur les nerfs.

Puis, tout avait dégénéré. Penny s'était garée devant la maison de sa mère et, alors qu'elle montait les marches, la porte s'est ouverte en grand, sa mère en est sortie, puis son beau-père...

Suivis par son ex, un bouquet de fleurs dans une main et une bague dans l'autre.

— Il nous a appelés en disant que vous vous étiez disputés, roucoula sa mère en prenant la main de Steve. Il avait l'air si peiné et vous êtes si mignons tous les deux...

C'en avait été trop. Enfin, après des mois de frustration accumulée et d'auto-flagellation, quelque chose s'était brisé à l'intérieur de Penny.

Elle avait fait brusquement demi-tour, avait foncé vers sa voiture et s'était enfuie à fond la caisse sur la petite nationale, sans prêter la moindre attention à la neige qui tombait avec de plus en plus d'insistance.

Toute cette accumulation de faits avait mené à ce moment de folie et maintenant, elle était assise dans sa voiture et pleurait parce qu'elle était coincée entre une situation intenable et une énorme montagne de neige... pourtant, là tout de suite, faire face à la neige lui semblait le mieux à faire.

Elle regarda sa jauge d'essence et fronça les sourcils. Seulement un tiers du réservoir. Elle regretta de ne pas avoir fait le plein avant de foncer vers Winter Pass. Elle soupira et essaya de réfléchir à la marche à suivre. Se penchant vers la boîte à gants, elle l'ouvrit et farfouilla à l'intérieur. Heureusement, parmi tout le bazar, les papiers d'assurance et les autres bricoles typiques des voitures, elle trouva, pliée dans un coin, une carte des environs.

La dépliant au-dessus du volant, elle chercha l'adresse de sa mère et retraça le chemin qu'elle avait parcouru. Tapotant la carte du doigt, elle situa l'endroit où elle se trouvait actuellement et chercha à voir si dans les environs, ne se trouvait pas un endroit où elle pourrait trouver refuge.

— Allez, allez, murmura-t-elle.

Une part d'elle-même voulait se mettre à crier qu'elle préférait mourir de froid plutôt que de retourner chez sa mère, mais en vérité, même si elle n'avait fait qu'une dizaine de kilomètres, elle était tout de même trop loin pour faire demi-tour... même dans les pires circonstances.

La carte était vieille et un peu délavée et Penny savait pertinemment que le camping, la station-service et l'entrepôt de chaussures de tennis avait fermé depuis bien longtemps déjà. Son doigt continua à parcourir la carte, à la recherche de n'importe quel refuge...

Le chalet de ski de Winter Pass, marmonna-t-elle en plissant le front.

Bien sûr, elle se rappelait de l'endroit, elle y avait été petite, avant la mort de son père. Quelques-uns de ses meilleurs souvenirs avaient pour toile de fond ce chalet. Il ressurgit d'un coup dans sa mémoire : un immense bâtiment en granite et bois sombre, entouré de petites cabines, plein de belles cheminées où le feu flambait joyeusement et des canapés confortables, parfaits pour déguster un bon chocolat chaud.

Oh oui, ça avait l'air absolument parfait. Mais une autre pensée tenta également de refaire surface, un souvenir un peu embrouillé de quelque chose qu'aurait dit sa mère quelques années auparavant, les ragots de la ville.

C'était quoi déjà ?

Quelque chose à propos des propriétaires qui étaient décédés et la fermeture de l'endroit pour quelques temps. M et Mme Harbin étaient morts et leurs enfants avaient hérité de la propriété, mais n'étaient pas sur place pour s'en occuper. C'était ça ? Penny essaya de s'en rappeler davantage. Quelque chose à propos du fils, mais elle ne parvint pas à mettre le doigt dessus.

Soufflant un grand coup, elle pesa ses options. Le chalet était peut-être fermé. Mais elle était sûre que tout le reste l'était également… et même s'il était fermé, elle pourrait peut-être tout de même s'y introduire et se réchauffer en allumant un feu dans l'une des nombreuses cheminées. Elle violerait peut-être une propriété privée, mais à l'extérieur, la tempête s'intensifiait de minute en minute.

Personne ne le lui reprocherait… et probablement même que personne ne la remarquerait. Et ce n'était pas comme si elle avait un autre choix, pas avec la neige qui s'entassait de plus en plus autour de sa voiture. Penny redémarra la voiture et s'engagea au pas dans l'allée défoncée. La dernière chose dont elle avait besoin, c'était de tomber sur une plaque de verglas et perdre le contrôle de son véhicule.

Sa prudence lui coûta un peu. Il lui fallut plus d'une demi-heure pour parcourir moins d'un kilomètre. Quand elle aperçut le panneau indiquant le chalet Winter Pass, à peine lisible avec les rafales de neige, elle en pleura presque de soulagement.

Malheureusement, elle ne put faire que la moitié de la route non goudronnée, qui montait vers le chalet. Le chemin était incliné, à peine un peu trop pour les roues de sa voiture qui commencèrent à patiner dans la neige glissante. Bien qu'elle puisse déjà apercevoir la silhouette imposante du chalet, l'atteindre à pied représentait un sérieux défi. Penny n'était pas en mauvaise condition physique, mais sa parka légère et ses gants en laine polaire allaient rapidement finir gelés et trempés lors de sa marche forcée vers le haut de la colline.

— Allez, sort de la bagnole, se morigéna-t-elle en coupant le contact. Elle se tourna et se saisit d'un petit sac fourre-tout qu'elle avait posé sur le siège arrière, elle y fourra quelques affaires de rechange, deux, trois choses à grignoter et tout ce qu'elle put trouver d'utile dans sa voiture.

Elle glissa le sac sous son manteau, en haut, au chaud, bien serré contre sa poitrine, puis zippa le tout et enfila sa paire de gants. Après une dernière grande inspiration pour se donner du courage, elle ouvrit grand la porte et sortit dans la neige.

À son grand déplaisir, la poudreuse lui arrivait déjà par endroit au-dessus du genou. Elle resta au milieu de la route, à l'endroit le plus haut et le moins enneigé et s'avança bravement vers le chalet.

Levant haut les genoux, elle avança dans la neige, frissonnant pendant une minute avant que ses mouvements ne commencent à la réchauffer. Avec la chaleur, elle commença à transpirer et sentit la sueur perler dans son dos et sur sa poitrine. La neige commença rapidement à fondre et trempa instantanément son jean, ses chaussettes et ses Converses, l'alourdissant.

— Putain de neige, jura-t-elle dans le froid glacial qui rendait chaque inspiration pénible.

Plus haut, le soleil commençait à se coucher et elle se félicita d'avoir laissé sa voiture au bas de la route. Elle était si concentrée sur ses mouvements, qu'elle ne remarqua pas tout de suite le chasseur tout de noir vêtu. Elle le vit seulement quand il leva son arme vers elle et qu'il la mit en joue.

BANG.

Ce n'était pas un tir de sommation. Penny le vit juste à temps pour se jeter à terre et la balle fit voler un éclat de tronc d'arbre à seulement trente centimètres de là où elle se trouvait.

— C'est quoi ce bordel, cria-t-elle en se relevant de l'épais matelas de neige dans lequel elle était tombée. Elle n'osait bouger qu'à peine et sa retraite était bloquée sur trois côtés. Tout ce qu'elle arrivait à voir, c'était des arbres et de la neige.

Où était l'homme qu'elle avait aperçu ? Qui pouvait-il bien être ? Quelqu'un engagé pour protéger la propriété peut-être ? Ou le fils des anciens propriétaires, venu défendre son terrain ?

Mais pourquoi s'en prendre à elle ? Penny était clairement seule et non armée. Elle était peut-être un peu enrobée, mais elle était toute petite, elle n'était une menace pour personne.

Elle entendit un bruit tout près d'elle, une branche

craqua, comme si elle avait été pliée par la main de quelqu'un. Elle se laissa retomber dans la congère, tremblant de peur et de froid. La neige recouvrant son corps fondait à toute allure, dans quelques minutes, elle serait complètement trempée.

— Ne bouge pas, une voix étrange, grave, à seulement quelques pas d'elle. Ne révèle pas ta position.

Le souffle de Penny se bloqua dans sa gorge quand elle entendit un homme émettre un grondement sourd. Son ordre la paralysa, elle ne savait pas quoi penser de ses intentions. *Ne révèle pas ta position ?* Que voulait-il dire ?

Elle entendit bouger, un autre bruit léger. Puis un cri d'homme lui parvint, de beaucoup plus loin. Elle n'en était pas sûre, mais elle pensa qu'il y avait au moins deux hommes dans les bois avec elle. Son cerveau s'emballa, essayant de comprendre ce qui était en train de se passer.

Des cris, puis un autre coup de feu.

BANG.

Elle entendit quelqu'un pousser un grognement de douleur, puis entendit ce qu'il semblait être le bruit de branches tombant au sol. Un autre coup de feu. BANG. Un autre, encore un autre. BANG. BANG

Il doit y avoir plusieurs hommes armés, pensa-t-elle. Et le plus proche d'elle, celui qui lui avait ordonné de ne pas bouger, avait semblait-il été touché. S'il était armé, il ne semblait pas riposter.

C'était peut-être fou, mais Penny jura entendre un chien aboyer et grogner tout près d'elle et un autre hurler, au loin. Être incapable de voir quoi que ce soit la faisait peut-être halluciner.

C'est ensuite qu'elle remarqua qu'elle ne tremblait plus. Elle se sentait étrangement engourdie et avait même presque chaud. Pendant une seconde, son cerveau soudain endormi tenta de la convaincre que c'était probablement l'effet igloo, qu'elle était au creux de la neige et qu'elle était protégée.

En arrière-plan, la voix de la raison lui hurlait le contraire. Elle devait se lever et bouger avant de s'endormir. Mais pourtant elle se sentait si bien…

Elle entendit un bruit doux, une sorte de halètement. Elle ouvrit brusquement les yeux, étonnée de s'apercevoir qu'elle les avait fermés. Au-dessus d'elle, elle vit un magnifique chien noir. Non, pas un chien. Il faisait au moins un mètre vingt de haut, sa fourrure luisante et noire resplendissait sur la blancheur de la neige. Et ses yeux étaient d'un vert printanier lumineux… ils semblaient luire de leur propre lumière.

Le loup baissa la tête vers elle, semblant préoccupé. Les lèvres de Penny se contractèrent dans un sourire, elle se demandait qu'elle genre d'allégorie son cerveau à moitié congelé faisait maintenant apparaître devant ses yeux. Puis elle les referma dans un soupir, sombrant lentement dans l'inconscience.

2

Ce n'était pas un bon jour pour Harlan Craig. D'ailleurs ça avait été une mauvaise semaine. Ou peut-être même une mauvaise année ?

Comment qualifier autrement le fait de se geler le cul dans la neige en portant dans ses bras une femme inconsciente, tout en essayant de ne pas se faire trouer la peau ? Ou du moins de ne pas se prendre une deuxième balle, pour être plus précis.

La blessure qu'il avait reçue au bras n'était pas sérieuse, mais elle lui faisait un mal de chien. Ce n'était pas aussi douloureux que de se transformer, quand les os se brisaient avant de se reconstruire pour passer d'humain à loup... mais tout de même.

Un bruit, semblable à un coup de tonnerre retentit dans les bois et se réverbéra dans l'air glacé. Harlan plaqua violemment son dos contre un arbre, tentant de reprendre sa respiration et cherchant à déterminer la position du tireur. Il était à quatre heures, il en était presque certain.

Il ferma les yeux quelques secondes, écoutant avec attention. Même avec ses sens surdéveloppés, il n'arrivait pas à entendre si quelqu'un se déplaçait dans les environs. Les chasseurs devaient a priori s'éloigner du chalet principal et se déployer pour couvrir plus de terrain.

Pitié, pourvu qu'ils soient déjà passés *derrière* lui et qu'ils ne soient pas en face, là où se trouvait son chalet. Un coup d'œil rapide lui apprit que les lèvres de la fille étaient bleues de froid, mais il ne pouvait pas y faire grand-chose pour le moment. Il avait besoin de couvertures, de bouteilles d'eau chaude et de quoi encore, merde... de soupe ? Les pensées s'entrechoquaient dans son cerveau paniqué, tentant désespérément de trouver une solution.

Harlan attendit encore un battement de cœur avant de se lancer en avant de toutes ses forces. Heureusement, les bois restèrent silencieux alors qu'il courrait vers son chalet à toute vitesse. Dans un coin de son esprit, il ne put s'empêcher de penser que ses instructeurs à l'armée auraient été fiers de lui. Les exercices militaires l'avaient parfaitement préparé à des événements comme celui qu'il était en train de vivre, même si personne n'aurait pu prévoir qu'il serait confronté à ce genre de situations, chez lui, aux États-Unis.

En plus de ces gens dans les bois, chassant Harlan et ses amis, en plus de se faire tirer dessus, maintenant, il se retrouvait avec cette fille sur les bras.

Comme si sa vie n'était déjà pas suffisamment compliquée !

Comme s'il n'avait pas déjà eu en avant-goût de

l'enfer en allant combattre en Afghanistan puis en Syrie avant de rentrer chez lui.

Comme s'il n'avait pas été mordu et transformé en un putain de loup-garou par l'un de ses meilleurs amis. Prisonnier des caprices de la lune et plus maître de son propre corps.

Comme s'il n'avait pas été depuis enfermé dans ce chalet en compagnie de ses deux meilleurs amis devenus à moitié fous, les seuls autres loups-garous qu'il n'avait jamais rencontré. Avec personne d'autre à qui parler depuis plus d'une année complète, rien à faire que remettre en état l'ancien chalet de ski et ses dépendances et essayer de ne pas trop se prendre la tête avec Paxton ou Chase pour savoir lequel des trois était le vrai responsable de ce beau fiasco.

Non, ça ne suffisait pas apparemment. En plus de tout ce merdier, il fallait qu'*elle* entre en scène et lui tombe littéralement dans les bras. Cette petite rousse sexy avec de grands yeux bruns et des taches de rousseur irrésistibles, prise en plein milieu d'un affrontement entre lui-même, Paxton et des chasseurs et manquant de se faire descendre.

Et lui faisant même se prendre une balle dans le bras pour être exact.

Il grimaça à la douleur qui irradiait de son épaule et repositionna la petite femme dans ses bras. Il s'était pris des balles de chevrotine dans le haut du bras et des éclats de bois qui avaient ricoché d'un arbre tout proche. Le sang coulait librement désormais et il ne faudrait pas longtemps pour qu'il coule sur le visage de celle qu'il portait contre lui.

Il se concentra sur sa douleur en courant vers son chalet, espérant que Pax réussirait à faire tourner les chasseurs en bourrique dans les sentiers les plus escarpés de Winter Pass. La région n'était pas des plus clémentes et si les loups étaient chanceux, ils réussiraient peut-être à tuer un chasseur ou deux et gagneraient un peu de répit.

Ouais. Il valait mieux penser à la mort et à la violence, c'est ce qu'Harlan connaissait le mieux. Tout valait mieux que de se concentrer sur cette fille, sentir la vitesse à laquelle son cœur battait ou encore écouter son loup se tortiller et chouiner rien qu'en la regardant.

Elle est à nous, semblait-il lui dire.

Non, pas moyen, répondait Harlan. Peu importe à quel point elle était sexy, il était hors de question de faire entrer une femme dans le merdier qu'était sa vie en ce moment. C'était bien trop de complications dont il n'avait nullement besoin, même si les nuits se refroidissaient sacrement ici à Winter Pass...

Harlan finit par atteindre sa porte, le cœur au bord de l'explosion. Quand il ouvrit la porte d'un grand coup, ce qu'il vit à l'intérieur le glaça sur place. Une silhouette grande et vêtue de noir, l'attendait plantée au beau milieu de la simple pièce à vivre.

Quand Paxton se retourna pour lui faire face, Harlan grogna.

— C'est quoi ce bordel Pax ? T'étais pas censé faire tourner les chasseurs en bourrique ? le houspilla Harlan en secouant la neige accrochée à ses jambes et à ses bottes.

Il s'avança et posa la fille sur le canapé, avant d'enlever son manteau trempé.

— Et toi, t'étais pas supposé m'aider ? Pourtant t'es là, avec une femelle. Alors que je croyais que c'était moi « l'homme à femmes » de la Triade, continua Pax en haussant un sourcil. La Triade faisait référence au nom que Chase avait trouvé un soir, complètement bourré, pour désigner leur petit groupe, après qu'ils aient effectués leurs classes ensemble et aient intégré la même unité.

— C'est comme ça qu'on appelle les garçons faciles de nos jours ? rétorqua Harlan en commençant à dézipper le manteau de la fille.

— Tu ne perds pas de temps toi en tout cas, se moqua Pax.

Il plaisantait manifestement, mais les sous-entendus firent grogner Harlan.

— Elle est en hypothermie, connard. Il faut la sécher et la réchauffer. Rends-toi utile et va me chercher les couvertures qui se trouvent dans le placard de ma chambre.

Harlan se remit au travail. Il lui enleva son manteau, surpris quand un sac de toile s'en échappa et tomba par terre. Il le ramassa et le mis de côté, puis il entreprit de lui retirer son manteau. Elle ne frémit presque pas quand il lui plia les membres pour la débarrasser de ses vêtements.

Il toucha sa chemise et son pantalon, les trouvant humides et glacés. Il fronça les sourcils, réalisant qu'il lui faudrait la déshabiller entièrement. Une voix douce lui murmura à l'intérieur de son crâne qu'il devrait essayer de préserver sa pudeur au maximum.

Et était si petite et semblait si fragile allongée comme ça. Harlan n'allait pas en profiter impunément et n'allait pas non plus laisser Pax se rincer l'œil. Mais comment faire ?

Se saisissant d'une couverture épaisse en polaire posée sur le canapé, il la couvrit à moitié, réussissant à préserver son corps nu et glacé de son regard. C'était bizarre, encore plus quand Pax revint et observa Harlan se démener. Il pouvait presque entendre son ami se moquer de ses tentatives ridicules pour la préserver de leurs regards.

Encore pire, maintenant qu'il l'avait enfin déshabillée, il sentait comme une odeur de pomme et de miel émaner de sa peau par vagues, emplissant l'air du chalet tout entier et retournant ses sens. Mais quelle sorte de gel douche ou de shampoing utilisait-elle pour sentir bon comme ça ?

— Donne-moi ces putains de couvertures, lança Harlan en tendant la main.

Pax les lui tendit sans un mot. Harlan passa ensuite les prochaines minutes à en passer une sous elle, en essayant de ne pas trop la toucher, puis à installer le reste autour de son corps jusqu'à ce qu'elle ressemble à une crêpe géante de laine et de polaire. Tout était couvert à part son visage pour qu'elle puisse être en mesure de respirer à son aise.

— On peut dire que c'est la pire décision que tu n'aies jamais prise, commenta Pax quand Harlan se releva pour examiner son travail. Enfin, après celle d'être revenu à Winter Pass. Je veux dire.

Harlan se tourna vers lui.

— Je crois me rappeler que c'est toi qui as voulu qu'on revienne ici pour prendre des nouvelles de Chase et s'assurer qu'il n'ait pas touché le fond, rétorqua Harlan. C'était une vieille querelle, entre eux et la phrase avait désormais à la fois la valeur de plaisanterie et d'accusation.

— En parlant de Chase... Pax croisa les bras et baissa les yeux sur la fille endormie. Il va péter les plombs quand il va apprendre que tu as amené une fille ici.

— Je sais.

— Il prend très au sérieux le fait d'être l'alpha du groupe et nous a ordonné de ne laisser entrer aucun humain ici.

— Je sais.

— Mais pourtant... elle est bien là, lui dit Pax en lui lançant un regard appuyé. C'est pourtant tout ce qu'il avait interdit si je me souviens bien.

— Merde, Pax, je sais ! Qu'est-ce que j'aurais dû faire, la laisser se faire tuer par les chasseurs ? La laisser mourir de froid dans la neige ? cracha Harlan. Il passa ses doigts dans ses cheveux sombres coupés courts, sachant qu'il n'y avait aucune vraie réponse à ses questions.

— Je dis juste que Chase va être méchamment énervé quand il va s'en rendre compte. Sans parler du fait que c'est bientôt la pleine lune et à moins que tu ne veuilles chasser et transformer ta nouvelle copine en louve, tu feras ce que Chase te dira. Évite-la comme tu évites le contact avec les autres humains. C'est le seul moyen de nous empêcher de faire ce qu'il a fait avec nous.

— Je suis étonné que tu te soucies de ce que pense Chase. On ne peut pas vraiment dire que vous soyez en bon termes tous les deux. Vous ne vous êtes pas adressé la parole depuis quoi... dix mois ?

Paxton regarda Harlan pendant un bon moment puis haussa les épaules. Harlan se débarrassa de ses chaussures et enleva les chaussettes mouillées qui lui collaient aux pieds, se maîtrisant pour ne pas arracher aussi son pantalon et sa chemise. Son loup voulait désespérément se rapprocher de cette rousse, tout près, plus près encore, si près qu'il sentait sa peau le démanger.

— Je te dis ça parce que je pense que *toi*, tu t'en soucies, clarifia Pax. Et j'ai également dit *si*. S'il s'en rend compte. Car... je vais faire tout mon possible pour m'assurer que ça n'arrive pas.

La tension dans l'estomac d'Harlan se dénoua quelque peu.

— Quoi ? demanda-t-il en gardant les yeux braqués sur la fille.

— Ça t'étonnes que je dise que je vais aider la seule personne que je vois régulièrement et dont je peux supporter la présence ? Eh bien ! répondit Pax l'air choqué. Je vais me sacrifier pour l'équipe et je vais aller faire chier Chase et me prendre la tête avec lui pour qu'il ne rentre pas de la nuit. Il faudra par contre que tu te sois débarrassé d'elle aux premières lueurs du jour.

— C'est ça ta solution, demanda Harlan, souriant malgré lui. Te prendre la tête avec Chase ?

— Au moins ça reste crédible, répondit-il en haussant

les épaules. Je suis sérieux par contre, sur le fait qu'il faut que tu la sortes d'ici. C'était une très, très mauvaise idée au départ, H.

— Je ne pouvais pas… Je ne sais pas comment l'exprimer, continua Harlan en tournant le dos à la fille et en commençant à marcher vers la fenêtre. Mon loup est comme… obsédé par elle. Je crois que si je ne l'avais pas ramassée, il aurait pris le contrôle et l'aurait ramenée ici par lui-même. Et il ne veut pas fermer sa gueule depuis. Il n'arrête pas d'essayer de reprendre le dessus depuis plus d'une heure, essayant de me pousser à la…

Harlan laissa la fin de sa phrase en suspens, ne voulant pas prononcer les derniers mots. Paxton se racla la gorge, une expression étrange sur le visage.

— Comme ce truc chelou de *compagnons* que nous avons vu à la télé ?

Pax faisait référence à une émission populaire supposée diffuser des informations sur les loups-garous, depuis leur régime alimentaire, jusqu'à leurs caractéristiques physiques et la manière qu'ils avaient de trouver puis de garder leurs *compagnons*. Phéromones, coup de foudre, attraction irrésistible, ce genre de choses. La moitié des informations de cette émission étaient de la pure invention, il n'y avait donc aucune raison de penser que cette histoire de compagnons puisse être vraie. Pax devait probablement plaisanter, mais l'idée le fit tout de même frissonner.

— Tu te prends trop la tête, lui dit enfin Pax, coupant court à la panique commençant à monter chez Harlan.

Il lui claqua ensuite l'épaule d'une main et se dirigea vers la porte. Quoi qu'il en soit, c'est une raison de plus pour t'en débarrasser le plus vite possible. T'as jusqu'à demain matin mon gars, je suis sérieux.

— Ok, répondit Harlan en hochant la tête. Bien sûr.

Pax lui lança un regard dubitatif puis quitta les lieux. À sa grande honte, Harlan fut soulagé quand son ami quitta enfin le chalet.

Il se retourna et fixa la femme allongée sur son canapé. S'il était chanceux, il se pourrait qu'elle dorme jusqu'au lendemain et qu'elle parte d'elle même sans qu'il ait besoin d'interagir avec elle.

Son loup se mit à gronder à la pensée qu'elle puisse partir, détestant tout, à part le fait qu'Harlan la prenne dans ses bras et l'emmène dans son lit. Qu'il embrasse ses belles lèvres boudeuses, qu'il caresse ses seins parfaits qu'il avait soigneusement évité de toucher alors qu'il la déshabillait. Qu'il s'enfouisse ensuite en elle et regarde ses yeux s'allumer du feu de la passion, alors qu'il lui ferait crier son nom...

Harlan se secoua. Il avait besoin de prendre l'air. L'homme et le loup étaient obsédés par une femme qu'ils ne connaissaient même pas. Ils ne connaissaient ni son nom, ni la couleur qu'auraient ses yeux quand elle se réveillerait.

C'était une étrangère. Et pour ce qu'il en savait, elle était peut-être même arrivée avec les chasseurs et ils avaient été séparés pour une raison ou pour une autre. Ou pire, c'était une sorte d'appât pour les forcer à se découvrir.

Harlan s'approcha du canapé et la prit dans ses bras. Retenant son souffle pour ne pas trop respirer son odeur délicieuse, il la transporta dans la chambre et l'allongea sur le lit. Incapable de s'empêcher de la regarder, il la glissa sous les couvertures, pour s'assurer qu'elle se réchauffe bien, par elle-même.

Sans son aide... nue... et avec tout un tas de positions sexuelles, plus acrobatiques les unes que les autres...

Reniflant à cette pensée, Harlan quitta la chambre et ferma la porte derrière lui. Il sortit une bière du frigo et s'installa dans son fauteuil, le seul meuble qui n'avait pas encore son odeur.

Se saisissant de son volume écorné de *Master and Commander*, Harlan sirota sa bière tout en prétendant se concentrer sur le livre, mais il ne parvenait pas à fixer son attention sur les mots.

Le temps serait long d'ici demain matin.

3
———

Son cœur battait à tout rompre. Elle avait le souffle court. Les feuilles et les branches fouettaient sa chair nue alors qu'elle s'élançait en courant dans la forêt. La lumière argentée de la lune filtrait à travers les arbres et l'air était rempli de la riche odeur de l'humus.

Derrière elle, à ses trousses, un homme. Un regard en arrière l'informa qu'il était grand, massif, tout en muscles, les cheveux sombres et des yeux verts lumineux. Il souriait en la poursuivant, la mettant au défi.

Penny bondit en avant, les bras, les pieds semblant voler au-dessus du sol, le cœur empli d'une joie indescriptible.

Elle ne gagnerait pas.

C'était impossible. Pas contre lui.

Pourtant la chasse... la chasse était tellement bonne.

Juste au moment où elle aperçut l'orée du bois, là où les arbres s'éclaircissait et qu'elle réussirait à lui échapper, deux bras forts se resserrèrent autour de sa taille. Des lèvres chaudes se posèrent sur son cou alors qu'il la ralentissait, jusqu'à l'arrêter près de lui.

Une petite morsure, juste à cet endroit, sur sa nuque, l'endroit qui la faisait fondre. Ses mains prirent ses seins délicatement et elle sentit sa longue queue bandée se coller contre son dos.

Penny frissonna. Il allait la prendre, la posséder, la marquer à jamais de son empreinte...

Elle cligna des yeux et se tortilla. Elle avait beaucoup, beaucoup trop chaud. Elle était en sueur et écrasée par une montagne de couvertures. Elle plissa leurs yeux et regarda le plafond. Elle n'était pas dans le salon lilas d'Ambre... ici les murs étaient sobrement peints en blanc.

Et les couvertures n'étaient pas non plus les siennes. Il y en avait certaines en laine, d'autre en polaire et elles ne sentaient pas le parfum foral de sa lessive habituelle. Elles sentaient les aiguilles de pin fraîches, mêlées de musc, comme... une odeur *d'homme.*

Penny se redressa d'un bond et regarda autour d'elle. Mais où était-elle ? La chambre était très simple, des murs blancs et du plancher au sol. Le décor était minimaliste, il n'y avait qu'un lit et une table de chevet sur laquelle étaient empilés plusieurs romans. *Le soleil se lève aussi* attira son attention.

La personne vivant sous ce toit semblait apprécier Hemingway. Elle grimaça en se levant de cet étrange lit et regarda autour d'elle. Quand la dernière couverture tomba enfin, Penny fut choquée de découvrir qu'elle était totalement nue en dessous.

Elle vacilla, les muscles de ses jambes protestant devant le traitement qu'elle leur avait infligé plus tôt.

D'un coup, les souvenirs récents la bombardèrent, elle se revit quitter sa voiture et s'engager dans l'allée vers le chalet Winter Pass.

Y était-elle finalement parvenue ? La pièce semblait bien trop petite, mais peut-être était-elle à l'étage ? la chambre n'avait pas de fenêtre, il était donc impossible de savoir.

Se saisissant de l'une des couvertures, elle l'enroula autour de son corps comme une serviette. Puis elle remarqua une chaise, dans un coin de la pièce, ses affaires trempées y avaient été mises à sécher, sa petite culotte, son soutien-gorge... tout. Ils étaient encore humides par endroit sous entendant qu'elle n'avait pas dû rester inconsciente trop longtemps.

À côté, un grand t-shirt bleu et des leggings thermiques soigneusement pliés semblaient l'attendre. Un petit soulagement au milieu d'un moment bien peu agréable de la vie de mademoiselle Penny Marie Harding.

Penny ne s'était jamais habillée aussi vite. Et pendant tout le temps qu'elle passa à enfiler ses vêtements, elle essaya désespérément de ne pas imaginer comment ils avaient pu lui être enlevés.

Quelqu'un avait dû la déshabiller. Cette pensée la fit frissonner. Elle se dirigea lentement vers la porte de la chambre et se força à l'ouvrir, s'avançant dans le couloir et refermant la porte derrière elle avant de commencer à paniquer.

Elle se trouvait manifestement dans l'un des petits chalets de location et pas dans le grand chalet principal comme elle l'avait tout d'abord imaginé. À sa gauche se trouvait une petite salle de bain qu'elle utilisa. Quand elle en sortit, le couloir la conduisit ensuite vers une petite kitchenette et une table disposée en face d'un canapé et d'un fauteuil.

Puis elle le vit, *lui*.

Il était debout, près de la fenêtre son t-shirt blanc ajusté et son jean se détachaient de l'obscurité de l'extérieur. Avant même qu'il ne se retourne, Penny sut à quoi il ressemblerait.

Après tout, elle venait déjà de le voir… dans son rêve, bien trop réaliste et bien trop émoustillant.

— Merde, lâcha-t-elle quand il se retourna vers elle.

Il était magnifique. Près de deux mètres, tout en muscle, mince, mais massif là où il fallait. Des cheveux sombres coupés court, une barbe de quelques jours sur les joues et les yeux verts les plus perçants et les plus ensorcelant que Penny n'ait jamais vu. Ils luisaient d'une intensité rare, comme dans son rêve. Et sa bouche… il avait les lèvres, les plus sexy, pleines et désirables de l'univers. Rien qu'un regard sur sa bouche et instantanément, elle ne put s'empêcher d'imaginer des dizaines de façons d'utiliser ces lèvres.

Mince alors. Harlan était si chaud qu'il aurait tout aussi bien pu être en feu.

Ses jambes se dérobèrent sous elle et elle se laissa tomber sur le sol. Mieux valait être par terre que de pleinement ressentir la honte qui l'accablait alors qu'elle prenait conscience de la façon dont son corps réagissait à la vue de ce *parfait inconnu*.

— Oh, est-ce que ça va ? dit-il en avançant à grands pas vers elle.

Penny rougit jusqu'aux oreilles quand il se baissa

pour la prendre dans les bras et la conduire jusqu'au canapé, comme si elle n'était pas plus lourde qu'une poupée de chiffon.

— Désolée, bredouilla-t-elle.

Si près de lui, son odeur mêlant musc et pin la rendit folle, elle sentit ses tétons durcir et une chaleur intenable lui inonda l'entre-jambe.

Il la lâcha enfin et se baissa près d'elle en lui remontant le menton d'un doigt. Penny était tellement embarrassée qu'elle n'arrivait pas à formuler le moindre mot, furieuse d'être ainsi trahie par ses hormones. Elle n'avait jamais réagi comme ça face à un homme. Pas même quand Steve et elle avaient commencé à sortir ensemble.

Penny était *frigide*. Ç'avait été le cas toute sa vie, sauf maintenant, au pire moment possible.

— Est-ce que je me suis cogné la tête ? demanda-t-elle en portant une main sur l'arrière de son crâne. Elle suspectait sérieusement un traumatisme crânien. Quoi d'autre sinon aurait-pu expliquer ses... symptômes.

— Je n'en sais rien, admit l'homme en face d'elle, d'un air soucieux.

Il bougea pour s'agenouiller devant elle, tendant la main vers son visage, puis la retirant. C'était amusant, car Penny était certaine que ce n'était pas quelqu'un habitué à hésiter. Il se lécha les lèvres, ce qui envoya une autre décharge de désir à travers tout son corps, puis reprit la parole.

— Comment t'appelles-tu ?

— Penny. Ce fut tout ce qu'elle put répondre.

Sa bouche était sèche, sa langue semblait faire des nœuds dans sa bouche. Trop occupée à essayer de toutes ses forces de s'empêcher de le fixer comme une totale imbécile.

— Je suis Harlan. Il marqua une pause, se releva, puis se recula en croisant les bras. Que fais-tu à Winter Pass Penny ?

— Je... j'ai été prise dans la tempête. Je cherchais juste un endroit où m'abriter en attendant qu'elle s'apaise et je me suis rappelé de l'existence de ce chalet, répondit-elle en se mordillant la lèvre inférieure.

Elle laissait de côté de larges bouts de son histoire, mais il n'avait pas à le savoir.

— Winter Pass est fermé depuis six ans, lui dit-il, le regard dur. Presque accusateur.

— Ohhh... Je sais. Mais je n'avais pas d'autre choix. Je ne savais même pas si j'arriverais à atteindre le chalet, admit-elle en haussant les épaules.

— Tu n'as d'ailleurs pas réussi à l'atteindre, lui répondit-il, l'air presqu'amusé.

— Oui, parce que je me suis fait tirer dessus ! dit-elle en se rappelant de la fusillade. Pourquoi des gens s'en sont pris à moi comme ça ?

— Tu ne les connaissais pas ?

Penny plissa le nez.

— Je ne traîne généralement pas avec des gens qui essaient de me tuer, non.

Harlan sembla accepter sa réponse et son visage se détendit légèrement.

— C'était des braconniers, essayant de mettre la main sur certains animaux en voie de disparition que nous avons dans le coin, expliqua-t-il.

— Quoi... des chevreuils ou quelque chose dans le genre ? demanda-t-elle étonnée.

Ayant grandi dans cette ville, elle ne se souvenait pas n'avoir jamais entendu parler d'espèces en voie de disparition, dans les parages, ni même de braconniers.

— Des loups, clarifia Harlan.

Il haussa un sourcil, la défiant de le contredire.

— Oh, répondit-elle seulement. Et ils sont toujours dans le coin ?

— Ils sont partis au coucher du soleil. Il fait trop froid pour chasser. Mais ils seront de retour demain matin, c'est sûr. C'est pourquoi il est impératif que tu quittes les lieux dès le lever du soleil.

Cette réflexion porta un coup à son ego. Certes elle était entrée sans permission et elle ne voulait pas vraiment se retrouver dans cette situation. Mais la manière qu'il lui avait dit de partir, comme si c'était personnel... ça lui déplut fortement.

— Très bien, répondit-elle en frottant ses mains sur le haut de ses bras.

Les frissons s'étaient déplacés vers ses bras et elle tremblait désagréablement. Elle entendit Harlan marmonner quelque chose tout bas, puis il se leva et alla vers la chambre récupérer les couvertures que Penny avait laissé sur le lit.

— Tu dois rester au chaud. Tu étais inconsciente quand je t'ai trouvée, ton corps a subi un grand stress.

Il lui lança les couvertures et Penny s'en saisit sans rien dire. Elle n'avait pas froid, mais elle ne voulait pas le contredire. Il était peut-être grognon, mais il lui avait manifestement sauvé la vie.

Harlan se dirigea vers la kitchenette et posa une bouilloire sur la petite cuisinière. À son grand étonnement, il revint avec deux tasses de thé Orange Pekoe.

— Je n'ai pas de sucre, dit-il en s'asseyant sur la chaise en face d'elle.

— Ça ira. Je ne sucre jamais de toute façon, dit-elle en se mettant à siroter son thé avec reconnaissance. Un long moment passa, le silence se fit pesant, puis Penny reprit la parole. Donc... si le chalet est fermé, que fais-tu ici ?

Harlan reposa sa tasse et Penny vit qu'il hésitait à lui en dire davantage.

— Je connais le propriétaire, finit-il par répondre.

— Le petit Harbin ? demanda-t-elle surprise.

Harlan gloussa doucement.

— Chase ? Ce *petit* a désormais trente-quatre ans et doit bien mesurer cinq bons centimètres et peser dix kilos de plus que moi.

— Chase ! Oh mon dieu, je ne me serais jamais rappelée de son prénom, soupira Penny.

Harlan se tendit à nouveau. C'était étrange, il n'était pas vraiment expressif et était assez économe dans ses mouvements, mais Penny le trouvait incroyablement facile à déchiffrer. C'était lié à quelque chose en lui, elle n'aurait su dire quoi.

Tu le connais ? demanda-t-il.

— Non, enfin... il a quelques années de plus que moi. Nous avons fréquenté la même école, mais nous ne nous connaissons pas vraiment. Je ne le connais pas plus qu'un autre, tout le monde se connaît plus ou moins, c'est une petite ville, se hâta-t-elle d'expliquer pour apaiser le malaise qu'il semblait ressentir.

Pourquoi s'en souciait-elle.

— Ah. Harlan regarda au loin, laissant Penny se demander ce qui pouvait bien l'inquiéter de la sorte.

— Laisse-moi deviner, dit-elle. Je me rappelle que Chase s'est engagé dans les Marines. C'est sûrement là que vous vous êtes rencontrés, non ?

Le front d'Harlan se plissa puis il hocha lentement la tête.

— Nous avons servi ensemble pendant un bon moment, oui.

Penny devait dire quelque chose, continuer à parler, nourrir la conversation, tout faire pour se distraire et s'empêcher de fixer Harlan éhontément. À chaque fois qu'elle posait trop longuement le regard sur lui et qu'il s'en apercevait, il se trémoussait dans son siège, l'air prêt à bondir et fuir à toutes jambes hors du petit chalet. Il semblait alterner entre dégoût pour sa présence et d'un autre côté, elle le surprenait aussi à la fixer, comme s'il n'avait pas vu d'autre être humain depuis un millénaire.

— Où étiez-vous basés ? Le questionna Penny. Si tu as le droit d'en parler, bien sûr.

— Où est-ce que nous étions basés ? répéta-t-il. En Allemagne, à Aruba, en Afghanistan, en Syrie, au Koweit pour quelques temps.

— Oh, euh... cool, dit-elle, se sentant pathétique.

— Et toi, tu fais quoi dans la vie ? demanda-t-il en s'adossant à son fauteuil et en croisant les bras.

Penny essaya désespérément de ne pas manger des yeux ses avants bras musclés et si sexy. Elle baissa les yeux sur ses genoux.

— Je suis professeur d'art plastique. Ou plutôt j'étais.

— C'est terminé ?

Elle commença à rougir, mais elle n'avait aucune raison de cacher la vérité sur ce qu'il s'était passé.

— Je me suis fait virer. Mon ex couchait avec la directrice de l'académie pour laquelle je travaillais et quand je les ai surpris, elle m'a virée. Le même jour, il m'a dégagée de l'appartement que nous occupions tous les deux.

Un grognement s'échappa de la poitrine d'Harlan et Penny le regarda avec étonnement.

— Un connard t'a trompée, *toi* ? demanda-t-il.

Ses yeux lançaient des éclairs et pendant une demi-seconde, Penny se demanda s'il ne s'agissait pas d'une cruelle ironie. Mais non, il était sérieux. Offensé, en colère et choqué pour elle, pour une raison qu'elle ne comprenait pas.

— Oui, enfin c'était quelqu'un de... Penny pinça les lèvres et entrecroisa les doigts sur ses genoux, essayant de trouver les mots justes.

— Un sale con ? suggéra Harlan.

Penny se mit à rire, puis hocha la tête.

— Oui, il...

— Je ne veux pas connaître les détails. Oublie-le, dit-il, en remuant encore dans son siège.

Son mouvement attira l'attention de Penny sur le haut de son bras où des taches rouges commençaient à fleurir sur son t-shirt blanc.

— Harlan, je crois que tu saignes, dit-elle, en portant la main sur sa gorge.

Il baissa les yeux sur son épaule et soupira.

— C'est rien, dit-il. Maintenant que tu es réveillée, je

vais pouvoir prendre un autre t-shirt dans la penderie de la chambre.

— Non ce n'est pas rien ! dit-elle d'une voix aiguë. Tu n'avais pas dit que tu avais été touché !

Rien qu'à l'idée qu'ils aient pu rester ainsi assis à discuter alors qu'il était blessé la rendait folle de rage.

— C'est rien, répéta Harlan, mais Penny était déjà debout.

— As-tu un kit de premier secours ? demanda-t-elle d'un ton impérieux.

Harlan la regarda avec attention puis leva les yeux au ciel.

— Dans l'armoire à pharmacie de la salle de bains, répondit-il.

Penny alla le chercher puis revint une expression résolue sur les traits.

— Enlève ton t-shirt, ordonna-t-elle et lui lança un regard qu'elle espérait déterminé.

Un sourire illumina brièvement son visage, puis il leva une nouvelle fois les yeux au ciel.

— D'accord, dit-il en enlevant son t-shirt et faisant rouler les muscles durs de son torse au passage.

Cette vision asséchâ de nouveau la bouche de Penny et fit flageoler ses jambes et elle dus arracher de force son regard de ce ventre plat et ces abdos ridiculement bien définis.

— Canapé, dit-elle en le lui désignant du doigt.

Ses joues et son cou étaient brûlants de désir et de colère. Heureusement, Harlan obéit, tout en la détaillant de la tête aux pieds.

Elle fut choquée de réaliser qu'Harlan semblait plutôt

intéressé par elle et non repoussé comme elle avait tout d'abord imaginé. Ça semblait fou, que quelqu'un comme lui puisse regarder une fille si banale qu'elle, ressemblant plus que jamais à une petite souris dans son pyjama d'emprunt. Mais l'expression sur son visage reflétait le désir, sans équivoque.

— Penny, dit-il.

Il y avait un accent dans sa voix, qui l'ébranla jusqu'à la moelle.

À ce moment précis, elle sut que si elle le voulait vraiment... une aventure d'un soir, une nuit torride, elle pourrait probablement l'obtenir. Avec *lui*.

Non non non non. Elle venait juste de se faire larguer, elle n'était qu'un petit oiseau triste et blessé. Coucher avec Harlan, peu importe à quel point il était sexy, n'arrangerait en rien ses problèmes. Probablement.

— Penny..., dit-il encore.

Elle bondit et fit tomber la mallette de premier secours sur le canapé.

— Oui ! Désolée ! couina-t-elle, faisant légèrement retomber la tension.

Elle s'occupa ensuite à ouvrir des paquets de pansement et de crème antiseptique, puis s'arrêta, hésitante. Elle avait complètement omit le fait qu'elle devrait le *toucher*. *Merde*.

S'agenouillant à côté d'Harlan sur le canapé, elle soupira et se pencha sur lui pour examiner sa blessure. Ce n'étaient que de petites coupures, assez profondes, mais en rien comparable au carnage qu'elle avait imaginé.

— C'est juste de l'écorce qui a volé, dit-il, sa poitrine

magnifique montant et descendant au rythme de ses mots.

— Tu avais raison, ça n'a pas l'air bien grave, admit-elle en touchant délicatement l'une des blessures avec un doigt.

Harlan ne bougea pas, mais elle remarqua que ses pectoraux se contractèrent.

— Je te l'avais dit, grommela-t-il en reportant encore une fois son regard sur la porte. Ignorant la gêne potentielle qui pourrait surgir entre eux d'une minute à l'autre.

— Ok, je fais ça vite.

Elle s'appliqua à étaler du gel antiseptique sur chaque coupure, essayant de rester concentrée sur sa tâche. Mais ses yeux dérivaient sur ses épaules et son dos d'où émergeaient de longues vrilles noires laissant présager la présence d'un tatouage assez conséquent. Elle regarda plus en détail et vit qu'il s'agissait d'un loup stylisé, hurlant à la lune.

— Tu es vraiment à fond, pour la préservation des loups à ce que je vois.

Harlan grogna et bougea, sans croiser son regard, ni acquiescer à ce qu'elle venait de dire. Elle prit de la gaze et du sparadrap et entreprit d'en recouvrir ses blessures. Son regard se perdit cette fois sur l'avant de son corps, descendant de plus en plus bas.

Sa curiosité fut récompensée par une belle découverte, ce qui lui fit s'emmêler les doigts et se retrouver avec du sparadrap enroulé partout. Elle détourna brusquement le regard qui s'était posé sur son entre-jambe, mais pas avant d'avoir remarqué la longue et épaisse protubérance de sa queue qui remontait le long de sa braguette jusqu'à la ceinture de son pantalon.

Nom d'une pipe en bois !

Non seulement Harlan était chaud comme la braise, mais en plus il était dur comme un roc là tout de suite. Penny se mordit la lèvre pour réprimer un fou rire en comprenant enfin la raison qui le faisait se trémousser dans son siège depuis tout à l'heure. Ce n'était pas parce qu'il la trouvait repoussante.

Bien au contraire.

Pendant une fraction de seconde, Penny hésita à se pencher vers lui et à poser sa main sur son érection, juste pour en connaître la sensation contre sa peau. Ou embrasser ses lèvres sensuelles et orgueilleuses...

Harlan se racla la gorge et Penny réalisa qu'elle était en train de fixer sa bouche, les yeux vides.

— Peut-être devrais-tu retourner au lit ? suggéra-t-il.

Elle ouvrit la bouche et se lécha les lèvres.

— ... pour te reposer un peu. Tu as l'air, euh... épuisée, finit-il par ajouter.

— Je, commença-t-elle, la confiance en-elle ressentie plus tôt commençant déjà à se dissiper. Euh, d'accord.

— Je vais finir de ranger, dit-il en se raclant à nouveau la gorge.

Il évitait soigneusement de croiser son regard et ajoutait encore plus à sa confusion. Il la désirait peut-être de manière très visible, mais manifestement, ça ne lui faisait pas plaisir.

— D'accord, dit-elle en laissant tomber les épaules.

Peut-être que tout ça ne se passait que dans sa tête, un mélange d'épuisement et d'émotions post-rupture.

— Tu as besoin d'aide, ou de quelque chose ? lança-t-il.

— Euh, non, répondit-elle dépitée. C'est bon.

— Je te réveille aux premières lueurs de l'aube, lui dit-il en décollant quelques bouts de sparadraps du canapé, le regard braqué sur la trousse de premiers secours.

— Très bien, parfait.

Penny se remit debout et força ses pieds à la propulser en avant, lançant un coup d'œil en arrière quand elle atteint le couloir. Harlan l'observait maintenant, ses yeux verts, brillant presque alors qu'il la regardait quitter la pièce. Ses lèvres se contractèrent quand leurs regards se croisèrent, mais Penny continua d'avancer.

Elle marcha droit vers la chambre, ferma la porte derrière elle et grimpa sur le lit avant de s'étaler dessus les bras écartés.

Mais que diable se passait-il entre eux ?

Penny ferma fort les yeux et pria pour réussir à s'endormir le plus vite possible, mais le sommeil fut long, très long à venir.

4
―――――

Un grognement sourd s'échappant de sa gorge, Harlan fit demi-tour et rentra dans le chalet. Le monde semblait endormi sous plusieurs dizaines de centimètres de neige fraîche tombée pendant la nuit qui s'étaient ajoutés à la couche préexistante, tellement haute, qu'elle lui arrivait presque à la taille par endroits. Il était allé jusqu'au chalet principal, avant de laisser tomber et de rebrousser chemin.

Le soleil aurait réchauffé tout ça et compacté légèrement cette neige d'ici la fin de la matinée, mais avant ça, il était inutile de réveiller Penny. Aucune voiture ne pourrait passer avant un bon moment, probablement au moins un jour ou deux.

Harlan secoua la neige qui lui collait aux jambes et retira son manteau et ses bottes, se creusant la cervelle pour trouver un plan de secours. La nuit dernière, il n'avait pas réfléchi plus loin que, *je l'emmènerai le plus loin possible d'ici*, mais la lumière froide de cette matinée contrecarrait ses plans.

Un scooter des neiges pouvait la faire quitter la propriété, mais où irait-elle ? Il pourrait l'accompagner en toute sécurité sur quelques kilomètres, mais il n'y avait rien dans les parages qui aurait pu constituer un refuge sûr et chaud. Si Harlan la mettait dehors comme ça, elle aurait de gros ennuis une fois la nuit tombée.

Je dois trouver une solution, n'importe quoi...

Mais non. Il ne trouvait rien. Penny était coincée ici avec un groupe de gars bizarres, qui pour ne rien arranger s'avéraient tous être des loups-garous et au moins l'un d'entre eux, était un peu trop intéressé par le moindre de ses mouvements. Si par intérêt, on peut définir le fait de bander non-stop à chaque fois qu'ils se retrouvaient dans la même pièce...

Si seulement Harlan était un mec normal. Même en étant un ancien soldat souffrant de stress post-traumatique, il aurait trouvé un moyen de draguer cette jolie petite rousse. Il était certain en tout cas qu'il n'aurait pas été en train de fixer piteusement la porte de sa chambre, désespérément en quête d'attention.

Il l'aurait déjà jetée sur le lit, l'aurait baisée comme un fou et se serait assuré qu'elle ne puisse plus jamais désirer quelqu'un d'autre que lui.

Un autre grognement sourd s'échappa de sa poitrine. Harlan devait se la sortir de la tête et plutôt commencer à réfléchir à comment s'empêcher de la transformer. Il n'avait même pas besoin de regarder le calendrier pour savoir que ce soir était le premier jour de la pleine lune. Ce soir la lune dominerait le loup et le loup dominerait l'homme, c'est pourquoi l'homme connaissait toujours le calendrier par cœur.

Se dirigeant vers la gazinière pour faire chauffer de l'eau pour le café, Harlan passa plusieurs scénarios en revue. Aucun d'entre eux ne fonctionnait, sauf peut-être...

Et si Penny restait ici, ou dans le grand chalet ? Harlan et Paxton pourraient conduire Chase le plus loin possible ? S'ils partaient bientôt et allaient suffisamment loin... quand leurs loups prendraient le dessus, ils seraient peut-être plus intéressés par chasser des animaux sauvages, que faire demi-tour pour retrouver Penny.

Harlan soupira. En tant que plan, c'était loin d'être la meilleure idée qu'il n'ait jamais eue, mais il n'avait rien d'autre sous la main. S'il guidait la Triade vers l'est, à l'opposé de la ville, ils éloigneraient probablement les chasseurs aussi.

— Salut.

Harlan s'arracha à ses pensées et trouva Penny debout à quelques pas de lui. Elle portait ses propres vêtements, cette fois, une jolie chemise à carreau dans les tons rouges et un jean qui moulait si bien ses courbes qu'il en eut l'eau à la bouche. Ses cheveux roux ondulés étaient tressés et retenus à leur extrémité par un ruban qui semblait provenir du même tissu que la chemise.

Avec son visage en forme de cœur, ses grands yeux bruns et les taches de rousseurs saupoudrant son nez, elle était absolument craquante. Si elle continuait à le regarder comme ça, innocente et tentatrice à la fois, il n'allait pas tarder à la plaquer par terre et à lui arracher ses vêtements.

Il se retourna vers la gazinière, retira la bouilloire du

feu, puis versa l'eau frémissante sur le filtre, posé au-dessus d'un large pichet de verre et rempli de café moulu qu'il avait préparé plus tôt. L'odeur du café emplit d'un coup agréablement l'atmosphère, il se sentit bien, d'autant plus qu'elle remplaçait pour quelques instants l'odeur entêtante de Penny.

— Tu veux un café ? lui demanda-t-il après quelques instants, sans se retourner.

— Tu as du lait ?

Harlan se retourna et la vit, debout près de la fenêtre, fixant la neige fraîchement tombée.

— Ouais.

Il lui servit une tasse et la posa sur le comptoir avec le lait, prenant la sienne dans ses mains pour aller s'asseoir dans le fauteuil. Il ne pouvait pas se permettre de répéter la petite scène d'hier sur le canapé, il valait mieux qu'il s'assoit là où elle ne pourrait pas trop s'approcher de lui.

— Merci, dit-elle en prenant la tasse et s'installant sur le canapé, loin de lui. Donc... il semble y avoir encore plus de neige aujourd'hui.

— Ouaip.

— Je suis désolée de te dire ça, Harlan, mais je crois bien que tu vas être coincé avec moi pendant encore quelques jours, continua-t-elle.

Après quelques instants, elle rougit, le faisant se demander à quoi elle pouvait bien penser. Elle était trop loin de lui pour qu'il puisse la sentir, mais hier, son désir pour lui avait été évident. Résister à ses phéromones emplissant l'air avait été la chose la plus difficile qu'il ait jamais eue à faire.

Et merde, car si elle n'avait pas traversé une terrible

épreuve et manqué de mourir de froid dans la neige, Harlan n'aurait même pas tenté de résister.

— En fait, tu vas t'installer dans le chalet principal, lui dit-il en se trémoussant dans son siège, cherchant à masquer la réponse de son corps à sa présence. Je vais partir.

— Quoi ? Pourquoi ? demanda-t-elle en plissant le front. Tu vas me laisser là, à la merci d'une bande de tireurs fous ?

— J'admets que ce n'est pas idéal, répondit-il. Je vais les attirer plus loin dans les montagnes, à l'écart de la ville. C'est pour ça que je dois partir. J'ai déjà préparé quelques chambres dans le grand chalet et j'y ai porté un bon tas de bois de chauffage au cas où le générateur se couperait, donc tu auras de quoi te chauffer et aussi de quoi manger. Tu auras même le Wifi, tant qu'il y aura du courant.

L'expression incrédule qu'il lut sur son visage le fit sourire.

— Vous avez internet ici ?

— Nous sommes des solitaires, pas des hommes des cavernes, dit-il.

— Mince j'aurais dû prendre l'ordinateur que j'ai laissé dans ma voiture, soupira Penny. Mais je ne sais pas ce que j'en aurais fait en fait. Mon Facebook est rempli de photos de mariages et de nouveau-nés, c'en est déprimant. Et il n'y a pas non plus de poste à pourvoir pour une prof d'art plastique en plein milieu de l'année scolaire, ce qui est encore plus déprimant.

Au bout d'un moment, elle secoua la tête.

— Désolée, je n'ai pas à te raconter tout ça, dit-elle.

— C'est bon, répondit-il.

Et il le pensait vraiment, en mettant de côté la menace immédiate des chasseurs et des loups-garous, une part de lui-même était déjà en train de réfléchir à ses problèmes pour essayer de lui apporter une solution.

Il voulait l'aider, ce qui était chez lui... très inhabituel.

Un bruit crépitant le fit sursauter. Harlan et Penny tournèrent la tête vers l'origine du son, un talkie-walkie en charge, posé sur sa base, à côté de la porte d'entrée.

— H, on a de la compagnie, dit la voix dans l'appareil. Chase. Ils viennent de passer les capteurs de la propriété. On a peu près quinze minutes avant qu'il soient dans nos pattes.

— Merde. Reçu.

Harlan bondit, se saisit de son manteau et enfila ses bottes à toute vitesse.

— Les chasseurs sont de retour. Ils ne savent pas que tu es ici et je vais m'assurer que ça reste comme ça. Cache-toi dans la chambre, ferme la porte et n'ouvre à personne à part moi, c'est compris ?

Penny ouvrit de grands yeux effrayés, mais elle hocha la tête et se leva.

— Vite, dit-il en la chassant de la main.

Penny s'engagea dans le couloir en jetant plusieurs coups d'œil en arrière pour le regarder. Harlan attendit d'entendre le verrou de la chambre s'enclencher pour lacer ses bottes.

Un fusil et plusieurs cartons de munitions en main, Harlan ferma son chalet à clé et courut vers l'un des abris de fortune que la Triade avait construit dans les environs. Le chalet principal était construit sur une hauteur, entouré de bois assez bas. Chase avait déjà trouvé les trois points de défense les plus forts quand Paxton et Harlan arrivèrent, puis ils installèrent des stores occultants.

Comme le faisaient les chasseurs de chevreuils, sauf que cette fois-ci, les loups étaient à la fois les proies et les prédateurs. Les chasseurs allaient vouloir encore une fois s'en prendre à la Triade, pour accrocher leur fourrure en trophée, on ne sait où, mais ils allaient bientôt se rendre compte que les choses n'allaient pas tourner en leur faveur.

Harlan arriva pile à temps et se baissa derrière l'abri pour voir émerger des bois trois hommes en tenue militaire. Ils étaient couverts de la tête aux pieds d'une tenue de camouflage dans les verts et blanc, ressemblant à des feuilles et de la neige et quand ils arrêtaient de marcher, ils se fondaient dans le décor et devenaient presque indétectables.

Presque. Car grâce à ses sens surdéveloppés, il pouvait tout de même les distinguer. Ces connards devaient avoir dépensé une fortune pour ces tenues, sans parler de l'équipement de qualité militaire qu'ils transportaient sans aucun doute.

Ça lui retourna l'estomac. Réalisaient-ils que les loups-garous qu'ils traquaient étaient aussi des humains la majorité du temps ? C'était déguculasse. Cette pensée le fit enrager encore plus quand il se rappela que Chase leur avait ordonné d'éviter à tout prix de tuer les chasseurs, s'ils y arrivaient.

Apparemment, tuer des humains sur sa propriété ferait une mauvaise publicité aux loups-garous, les faisant passer pour des créatures vicieuses et meurtrières... peu importe à quel point les humains étaient mauvais.

Harlan regarda à travers la lunette de son fusil, ajustant sa visée. Il tira cinq fois, visant les branches basses des arbres au-dessous desquels les chasseurs étaient embusqués. L'une d'elle tomba droit sur l'un d'entre eux, qui leva les mains pour se protéger la tête tout en plongeant dans une congère.

Amateur.

Les deux autres, au moins, avaient eu le bon sens de se mettre à couvert derrière un bosquet. L'un d'entre eux se mit à faire des gestes aux deux autres et Harlan put ainsi l'identifier comme le leader du petit groupe.

Mais, malgré tout leur équipement sophistiqué, ces hommes n'étaient en rien d'anciens militaires. Ils avaient peut-être suivi un entraînement paramilitaire, mais c'était des gars tout à fait normaux et ils avaient eu l'avantage de la surprise la première fois. Dans ce cas, il valait mieux supposer qu'ils ne suivraient aucune tactique de déplacement militaire classique.

C'était exactement comme en Syrie. Les groupes étaient désorganisés et disjoints, ce qui les rendaient encore plus dangereux. Leur imprévisibilité les rendaient mortels.

Se concentrant sur eux, Harlan commença à tirer en cercle en faisant attention de rester à bonne distance. Pour leur lancer un avertissement, si seulement ils voulaient bien écouter. Un vrai soldat aurait tout de suite reconnu les aptitudes de son adversaire et se serait rendu compte qu'il ne valait mieux pas chercher des noises aux loups de Winter Pass.

Derrière lui, il entendit un léger bruit. Tendu, il se retourna d'un coup, s'attendant à tomber sur un animal ou peut-être Chase ou Pax.

Non, un des hommes en tenue de camouflage se tenait derrière lui et pointait un pistolet noir directement sur sa poitrine.

— Doucement, ordonna l'homme en faisant un mouvement de son pistolet. Les mains sur la tête, sac à merde.

Harlan sentit la rage bouillonner dans sa poitrine. Son loup refaisait surface, mais il ne le laissa pas prendre le contrôle et le contraindre à se transformer.

Il grogna tout de même d'une façon terrifiante, la voix de son loup se superposant à sa voix d'humain. Le chasseur le fixa, sachant pertinemment qu'il était sur le point de se transformer et qu'il en ferait probablement de la charpie. Une forte odeur de panique émana de l'homme et le pistolet trembla dans sa main.

Lâche. N'était-ce pas l'affrontement qu'il recherchait tant ?

Harlan esquiva, entraînant le chasseur dans son sillage, cherchant un moyen de prendre le dessus, de l'acculer contre un arbre ou de le faire trébucher sur une pierre.

L'humain le surprit en tirant en coup, manquant de peu sa hanche droite. Puis un autre et encore un autre.

S'il n'avait pas tant tremblé, Harlan aurait eu de sérieux ennuis. Puis, trop rapidement, l'homme se stabilisa en écartant les jambes et empoigna son arme à deux mains, le visant à la poitrine.

— Plus un geste !

Harlan et le chasseur s'immobilisèrent. Cette voix remua Harlan, lui donnant envie de découvrir les crocs, de grogner, de tout faire pour détourner l'attention du chasseur.

Penny sortit du couvert des arbres, un fusil dans les mains. Elle respirait fort, laissant échapper de gros nuages de vapeur. Elle avait également l'air bien énervée, sans parler du fait qu'elle semblait également très à l'aise avec ce genre d'armes. Eh bien, que de surprises ce matin !

— Lâche ton arme, dit Penny sans s'embarrasser de préambules. Je suis trop près pour manquer mon tir et je n'aurais aucun problème à appuyer sur la détente.

Le chasseur renifla, mais posa tout de même son arme au sol.

— Tu vas bien ? demanda-t-elle à Harlan.

— Euh… je crois, oui, répondit-il.

Il était un peu honteux qu'elle soit venue à sa rescousse, mais également impressionné par sa maîtrise de la situation. Une faible femme se serait roulée en boule en position fœtale, totalement paniquée.

— Garde-le bien en joue.

Il ramassa son fusil et son talkie-walkie. Il épaula son fusil d'une main et repéra les trois autres chasseurs à travers le viseur, bien trop près à son goût. Il tira d'autres balles en touchant délibérément un au pied et un deuxième à l'épaule.

Ils s'enfuirent sans demander leur reste et repartirent comme ils étaient venus. Harlan se retourna vers celui qui restait et décrocha le Talkie-walkie pendant à sa taille.

— J'en ai fait fuir trois et j'en ai capturé un, dit-il.

Le silence s'étira pendant un long moment.

— J'ai tiré sur quatre et je les ai vu grimper dans une jeep et détaler comme des lapins.

— J'en ai capturé un vivant moi aussi, déclara Chase après un moment. Ligote le tien et laisse-le où il est, je passerai le chercher plus tard. Je les emporterais aussi loin que possible qu'ils se débrouillent pour retrouver leur chemin.

— Avec plaisir.

Harlan ne perdit pas de temps pour attacher l'idiot et pris soin de le dépouiller d'encore trois autres armes et de plusieurs pièces d'équipement de communication sophistiqués. Une fois que le chasseur fut saucissonné, la tête et le ventre dans la neige, Penny posa son fusil contre un tronc d'arbre l'air soulagé.

— J'ai cru que j'allais devoir le tuer, dit-elle, se mordant la lèvre inférieure d'inquiétude en le regardant attacher leur captif.

— C'est marrant ça, moi je croyais que tu allais rester sagement au chalet, répondit-il sans lever les yeux sur elle.

— C'est comme ça que tu me remercies ? soupira-t-elle.

Harlan soupira.

— Ne pourrait-on pas s'éloigner un peu avant de se disputer ? Je ne crois pas que ce connard ait besoin de savoir quoi que ce soit sur nous ou nos vies, tu ne crois pas ?

Penny fronça les sourcils, mais ne répondit pas, alors

qu'Harlan leur faisait rejoindre le chalet par un chemin détourné.

Pendant tout le trajet, Harlan ne put s'empêcher de penser à ce que venait de faire Penny. La façon qu'elle avait eu de brandir cette arme et de menacer l'homme s'apprêtant à l'abattre. Elle avait été extrêmement courageuse de faire tout ça, pour le protéger, lui, un homme qu'elle connaissait à peine…

Ça en disait long sur son tempérament. Sur le genre de femme qu'elle était, en plus d'être incroyablement séduisante pour lui et son loup.

— Vas-y, rentre à l'intérieur, lui dit-il, ayant besoin d'un moment pour se calmer et s'empêcher de lui sauter dessus et découvrir les autres trésors qu'il savait qu'elle ne manquait pas de réserver à l'homme qui saurait les découvrir. Je vais aller chercher un peu de bois de chauffage.

Il venait juste de réussi à reprendre le contrôle sur ses pulsions quand il entra dans le chalet, un chargement de bois de chauffage dans les bras. C'est alors qu'il vit Penny en boule dans un coin, près de la gazinière et Pax qui la regardait comme s'il était sur le point de se transformer et de l'attaquer. Harlan vit rouge.

Il lâcha son chargement de bois sans ménagement et sauta par-dessus le canapé, prêt à bondir à la gorge de Pax. Pax leva la main vers Harlan et grogna méchamment.

— Éloigne-toi tout de suite d'elle, le menaça Harlan en essayant de se positionner entre elle et Pax.

Sans perdre un instant, Pax serra les poings, prêt à se battre.

— Qu'est-ce qu'elle fout encore ici ? lança-t-il. On n'en avait pas déjà discuté, espèce d'abruti ?

— On est bloqués par la neige, au cas où tu n'aurais pas remarqué.

Pax bondit en avant, cherchant l'affrontement.

— J'en reviens pas que tu fasse ça, Harlan. Je te connais, tu t'entêtes. Elle doit partir.

— Excusez-moi... tenta Penny.

— Ferme-là, aboya Pax.

Harlan se jeta sur lui, le plaqua au sol et ensemble, ils roulèrent dans la cuisine, à l'écart de Penny. Son loup hurlait de plaisir, alors même qu'il sentait son épaule se remettre à saigner sous l'impact, il fallait avant tout qu'il éloigne Pax de Penny.

Pax le repoussa et se releva prestement, battant en retraite vers la porte. Harlan bondit sur ses pieds et se positionna devant Penny.

— Si tu ne veux rien entendre, je vais le lui dire, moi, dit Pax d'un ton grave. Elle pense probablement que tu la protèges, mais nous savons tous les deux que tu ne feras que foutre sa vie en l'air.

— Dégage, ordonna Harlan.

Pax regarda Penny.

— Est-ce qu'il t'a dit qu'il était un putain de loup-garou, hein ? Ce soir c'est la pleine lune, petite fille et tu sens diablement bon. Si tu as plus que deux neurones, tu te seras barrée loin d'ici avant le coucher du soleil. À moins que tu ne veuilles te faire baiser puis transformer par une bande d'animaux sauvages.

Harlan regarda le visage de Penny se décomposer et la vit se rouler en boule dans son coin, lançant un regard rapide vers Harlan. Il n'essaya même pas de nier les faits, pas alors que Pax venait de tout lui déballer.

— Tu vois ? C'est comme ça qu'ils réagissent tous, dit Pax à Harlan en secouant la tête. Fais-la sortir d'ici avant qu'il ne soit trop tard, tu sais ce qui se passera sinon.

Sur ces mots, Pax ouvrit la porte et sortit du chalet, laissant Penny et Harlan se regarder, sans voix.

5

Après quelques minutes de tremblements et de fou rire incontrôlé, Penny réussit enfin à reprendre son calme. Elle estima que sa réaction n'avait pas été si exagérée, étant donné que ce n'était pas tous les jours que l'on croisait de vrais *loups-garous*. Et encore moins quand c'était quelqu'un pour qui vous aviez un énorme coup de cœur.

Après le choc initial digéré, Penny s'était mise à rire. C'était toujours à elle que ce genre de choses arrivaient. Il avait fallu qu'elle se mette à désirer avoir un vrai mec dans sa vie, peu importe si c'était un loup-garou. Et la voilà qui se retrouvait avec son souhait miraculeusement exaucé.

Il était là, devant elle, avec les crocs et tout.

Penny s'assit dans le fauteuil d'Harlan, sirotant le thé qu'il venait de préparer. Lui, se tenait debout, à quelques pas d'elle, les bras croisés et l'expression sombre. Il semblait attendre qu'elle se mette à crier, qu'elle s'enfuie ou peut-être même qu'elle l'insulte ?

— Tu as l'air pâle, lui dit-il, la mâchoire contractée.

— Je crois que c'est justifié, lui répondit Penny d'un ton amer. Mais je ne vais pas m'évanouir, hein, ne t'inquiète pas. Peut-être devrais-tu t'asseoir avec moi et me dire exactement ce qu'il en est... Je dois t'avouer que je ne connais pas grand-chose aux loups-garous, à part ce qu'ils en disent à la radio.

Harlan lui lança un regard interrogatif, puis s'avança doucement pour venir s'asseoir en face d'elle. Il dominait le fauteuil avec sa grande stature, l'expression grave, il posa ses coudes sur ses genoux.

— Que veux-tu savoir ? demanda-t-il.

L'ouverture et la simplicité de sa question donnèrent des frissons à Penny.

— Et bien... es-tu le seul ici qui soit un... Elle marqua une pause, se forçant à prononcer le mot à haute voix... loup ?

Harlan plissa les yeux, mais répondit.

— Non. Paxton et Chase sont des loups eux aussi.

Penny pinça les lèvres et hocha la tête, réfléchissant à sa prochaine question.

— J'ai entendu à la radio que les loups étaient faits et que ce n'est pas de naissance. Comment es-tu... que s'est-il passé pour toi ?

— Je suis certain que tu te doutes que j'ai été mordu un soir de pleine lune, dit-il.

Penny hocha la tête et il continua.

— Chase a été transformé le premier. Quand nous étions basés en Allemagne, il est parti un soir camper tout seul dans la forêt noire. Quelques semaines plus tard, il a pété les plombs et a disparu de la base dans laquelle nous vivions tous, tout ce que j'ai ensuite su c'est qu'il avait signé une décharge et qu'il avait foutu le camp. Il est rentré au pays sans rien nous dire, à Pax ou à moi, alors que nous étions comme des frères depuis plus de dix ans.

— Donc… c'est lui qui vous a mordu alors. Déclara Penny en rassemblant peu à peu les pièces du puzzle. C'est toi qui le lui a demandé ?

Harlan éclata d'un rire sec.

— Oh putain, non ! répondit-il en secouant la tête. Je veux dire… je suis content que nous soyons ensemble pour faire face à ça mais, c'est une malédiction, Penny. Je ne le souhaiterais pas à mon pire ennemi.

Penny plissa le nez et se mordit la lèvre, ne voulant pas se montrer top intrusive avec ses questions.

— Quoi ? la pressa Harlan après quelques minutes. Dis ce que tu as à dire, Penny.

— Pourquoi Chase t'a transformé alors ?

— Pax et moi avons commencé à vraiment nous inquiéter pour lui après plusieurs mois sans nouvelles. Nous avons donc obtenu un congé et on s'est pointés ici. Chase n'était plus qu'une loque, il ne voulait pas nous dire ce qui n'allait pas. Je pense qu'il avait peur qu'on ne le croie pas, ou peut-être même qu'on le tue, pour mettre fin à ses souffrances, tu vois ? Merde, je crois bien que c'est ce qu'il nous aurait demandé de faire si la pleine lune n'avait pas été sur le point d'arriver. Il a pensé qu'il pourrait contrôler son loup, mais…

Harlan haussa les épaules et Penny eu mal au cœur pour lui. Se faire mordre et transformer en loup-garou par son meilleur ami, n'est pas franchement un destin enviable, mais...

— Ça ne doit pas être si terrible que ça, si ? lâcha-t-elle. Être un loup, je veux dire. Ça a l'air plutôt chouette.

— Je me rappelle à peine de ce que je fais quand je me transforme. Ce n'est plus moi qui suis aux commandes. Harlan passa sa grosse main sur l'arrière de son crâne, semblant pour la première fois mal à l'aise depuis que Penny l'avait rencontré. Moi, je ne veux transformer personne. J'ai dû abandonner la vie en ville. Je ne peux côtoyer personne à part Chase et Pax. J'ai quitté les Marines et je bosse dans la cybersécurité. La malédiction du loup semble être la solitude, je crois bien.

Penny inspira brutalement puis souffla, surprise par son éloquence. Elle s'était sentie dans la même situation à de nombreuses reprises dans sa vie, seule et incapable de trouver quelqu'un qui l'accepte pour ce qu'elle était vraiment. Et voir un homme aussi intelligent et beau qu'Harlan souffrir des mêmes problèmes, ne fit que l'attirer encore un peu plus vers lui, malgré le fait qu'ils étaient en pleine conversation sur le fait qu'il avait été transformé en loup-garou et qu'il hurlait à la lune plusieurs jours par mois.

La vie était vraiment bizarre par moment.

— À quoi penses-tu ? lui demanda-t-il en penchant la tête sur le côté. Ou plutôt non, pourquoi es-tu encore là et ne t'es-tu pas enfuie loin de moi ?

Les lèvres de Penny s'incurvèrent sur un sourire, sa plaisanterie la distrayant momentanément de ses pensées tristes.

— On est bloqués par la neige, tu te souviens ? lui dit-elle en souriant gentiment.

Il rit à nouveau, un rire bref et sec, comme s'il avait oublié comment faire. Mais cette fois, son rire était sincère et n'avait pas l'accent amer qu'elle lui avait entendu plus tôt.

— En parlant de ça…je dois réunir la Triade et bouger d'ici. Il va bientôt faire nuit et je dois nous conduire le plus loin possible d'ici avant que la lune ne se pointe.

— La Triade ? demanda Penny en haussant les sourcils. Vous vous êtes donnés un nom ?

Harlan haussa les épaules et elle se mit à rire.

— Ok, ok, je dis rien, dit-elle en agitant la main. Que dois-je préparer pour cette nuit ?

L'humour disparut instantanément du visage d'Harlan, ce qui fit regretter ses mots à Penny. Il était tellement beau quand il riait et elle voulait le voir encore. Trop tard. Harlan était désormais complètement concentré sur la suite des événements.

Il se leva d'un bond et se dirigea vers la chambre, puis revint avec un jeu de clés et une grande boîte en métal vert foncé. Il tendit les clés à Penny et lui expliqua comment ouvrir le chalet principal, puis ouvrit la caisse pour vérifier son contenu. Debout à côté d'elle, il la dévorait des yeux alors qu'elle examinait le contenu de la boîte.

Deux pistolets noirs accompagnés de ce qui semblait être un bon paquet de balles en argent.

— Harlan, non, dit-elle en le fixant d'un air horrifié.

— Penny, si, dit-il avec un grand sérieux. Tu vas prendre tout ça avec toi dans le grand chalet, tu vas te barricader et si quoi que ce soit bouge, tu tires. Homme ou autre.

— Je ne vais tout de même pas vous tirer dessus, insista-t-elle, sentant son estomac commencer à faire des nœuds.

— Tu n'as encore jamais fait face à un loup-garou, répondit-il, son humour noir refaisant de nouveau surface. Quand tu te retrouves devant un loup qui fait deux fois ta taille, je te promets que tu penses différemment.

— Harlan... commença-t-elle à protester. Ce qu'il fit ensuite la prit totalement au dépourvu. Il s'avança vers elle et la prit par la taille, l'attirant tout près de lui. Il baissa les yeux vers elle, le regard du comme de l'acier.

Il posa brièvement ses lèvres sur les siennes, en un baiser brûlant, la laissant les joues empourprées et la bouche ouverte de surprise. Leurs deux corps se collèrent fortement l'un à l'autre, l'enflammant littéralement et lui donnant l'irrésistible envie d'enrouler ses bras autour de lui et de l'attirer une nouvelle fois vers elle pour un autre baiser.

— Fais ce que je te dis, la prévint-il. Ne me laisse pas te transformer, Penny. Je ne veux pas vivre avec le poids de cette culpabilité.

Penny le fixa, sidérée, de folles pensées courant en tous sens dans son cerveau.

Et si c'était moi qui te le demandais ?

Ça ne me dérangerait pas si c'était pour être avec toi.

Aucun de nous ne se sentirait plus seul...

— Dis-moi que tu comprends, grogna-t-il en lui serrant gentiment les hanches.

Penny le regarda dans les yeux, sentant pour la première fois la complexité de son être, qui le rendait si irrésistible. Elle sut qu'il avait besoin de l'entendre répondre, même s'il elle ne pensait pas un mot de ce qu'elle lui dit.

— Je comprends, dit-elle dans un souffle.

— Tu te protégeras, peu importe les circonstances ? Son regard se faisait insistant sur son visage, ses mains brûlaient sa peau.

— Peu importe les circonstances, acquiesça-t-elle espérant qu'il ne décèlerait pas son mensonge.

Après l'avoir fixée dans les yeux un long moment, Harlan hocha la tête, la relâcha et se retourna. Penny était partagée, soulagée de ne plus être sous le feu de son regard, mais en même temps triste d'avoir perdu son étreinte ferme.

Elle rougit comme une tomate en prenant conscience de l'état d'excitation dans lequel elle se trouvait, son entre-jambe trempé et palpitant. Si un simple contact l'excitait à ce point, que se passerait-il s'il la touchait plus délibérément, qu'il la séduisait ?

— Je t'attendrai, dit-elle, se surprenant elle-même, ainsi qu'Harlan.

Il lui lança un regard, une expression indéchiffrable passa sur son visage. Il se détourna, enfila ses bottes, puis son manteau.

Quelques secondes après, il était parti, claquant la porte derrière lui et laissant Penny seule avec ses pensées suffocantes.

6
___

*P*enny roula sur le côté, la sensation du sol dur sous son lit de fortune la réveilla d'un léger sommeil. Elle soupira et roula à nouveau, incapable de se détendre, essayant en vain de trouver une position confortable. Il devait être bien plus de minuit désormais et elle avait l'impression d'être enfermée dans le grand chalet de Winter Pass depuis une éternité.

Elle s'était barricadée dans l'une des chambres vides et couvertes de poussière de l'étage, sélectionnant celle avec la plus grande cheminée. Dès que le soleil s'était couché à l'horizon, la température avait chuté rapidement... puis les plombs avaient sauté. Évidemment, encore sa sacrée malchance.

En tout cas, elle se félicitait d'avoir pris un gros tas de bois de chauffage. Elle était allongée devant la grande cheminée, bien au chaud. La seule chose qui manquait à la scène était une bonne bouteille de vin et de la charmante compagnie...

Calme ces hormones, ma grande, se morigéna-t-elle. *Ce*

n'est pas parce qu'Harlan et toi ressentez manifestement une certaine attirance l'un pour l'autre, qu'il faut que tu restes allongée sans rien faire à ne penser qu'au sexe !

Le feu s'était calmé et les bûches grésillaient et craquaient agréablement. C'était ce son qui l'avait fait basculer dans le sommeil plus tôt, mais désormais, ce même son l'empêchait de s'endormir d'un sommeil profond. Elle ferma fort les yeux et roula un peu plus loin du feu, se tortillant dans la pile de sacs de couchage qu'elle avait utilisé pour se faire une sorte de nid.

Elle écoutait avec beaucoup trop d'attention tous les bruits du chalet, ressentait avec force chaque sensation que lui renvoyait son corps, chaque éclair paniqué émis par son esprit. Elle inspira profondément pendant quelques minutes, essayant de se calmer...

Quand elle entendit un bruit. Un choc, quelque chose qui ressemblait à une porte qu'on claque, ou un volet frappant le mur de la maison. Depuis plusieurs heures, elle sursautait au moindre grincement, mais cette fois-ci, c'était différent. Elle se releva d'un bond, ne sachant trop que faire.

Elle enfila d'abord ses chaussures, puis se saisit de la grosse lampe torche qu'elle avait emportée du chalet d'Harlan. Sur un coup de tête, elle prit un des pistolets, le chargea de balles en argent, puis le glissa dans son dos, à la ceinture.

Inspirant un grand coup, elle déverrouilla la porte et sortit dans le long couloir du premier étage. L'obscurité et les ténèbres l'entouraient alors qu'elle avançait sur la pointe des pieds vers le grand escalier menant à l'entrée principale. Elle n'entendait que les battements affolés de son cœur alors qu'elle avançait dans le noir, commençant à se sentir un peu idiote et paranoïaque.

D'accord, c'était peut-être la troisième fois qu'elle sortait comme ça dans le couloir, certaine qu'un chasseur était entré et s'apprêtait à l'abattre de sang-froid.

Un léger bruit attira son attention et l'arrêta dans son élan. Elle balaya les environs du faisceau de sa lampe torche, surprise par les mouvements désordonnés de la lumière. Oh n'était-ce pas plutôt à cause de ses mains qui tremblaient ?

Sans avertissement, une forme sombre sortit de l'ombre et bondit dans l'escalier. Son grognement distinctif l'effraya tellement qu'elle en fit tomber sa lampe torche qui roula à ses pieds. Pendant une fraction de seconde, un loup gris énorme fut éclairé par le faisceau lumineux, les crocs cruels dénudés alors qu'il lui fonçait droit dessus.

Elle poussa un hurlement et dégaina le pistolet, visant la forme devant elle. Elle tira deux fois avant de réaliser ce qu'elle était en train de faire. Un coup manqua sa cible et l'autre fut suivi d'un jappement satisfaisant.

Puis, tout redevint silencieux.

Penny retint son souffle pendant de longues secondes. Elle était presque certaine qu'elle avait touché le loup. En tout cas, le son qu'elle avait entendu le lui laissait penser. Les chances pour qu'elle l'ait abattu d'un seul coup étaient faibles, mais peut-être les balles en argent faisaient-elles une réelle différence ?

Le cœur battant à tout rompre, elle rampa pour récupérer la lampe torche. Elle balaya les environs et aperçu une forme massive. Le loup énorme était allongé sur le côté et ne bougeait plus.

Une pensée horrible lui traversa l'esprit. Et si c'était Harlan ? Il ne lui aurait sûrement pas voulu de mal, pour ce qu'elle en savait.

Incapable de se retenir, elle s'approcha lentement de la forme jusqu'à ne plus être qu'à quelques dizaines de centimètres du loup. Grace à la lumière de la lampe, elle put voir la poitrine de l'animal bouger légèrement et fut soulagée de ne pas l'avoir tué.

— Harlan ? murmura-t-elle. C'est toi ?

Posant le pistolet, Penny se mordit la lèvre en tendant la main, se demandant si elle devait essayer de le faire se retourner pour inspecter sa blessure. Il semblait tellement tranquille, peut-être n'attaquerait-il pas ?

Mais, rapide comme l'éclair, le loup se remit debout et claqua les mâchoires à quelques centimètres de ses doigts.

— Agh ! cria-t-elle en sautant en arrière.

Le loup s'avança vers elle, exhalant une terrible menace. Elle vit une tache humide et sombre sur le sol, elle l'avait donc blessé, mais il était très loin d'être hors combat. À cette distance, elle pouvait voir briller les yeux bleu glacier de l'animal. Ce n'était pas les yeux d'Harlan, pas le moins du monde.

La peur lui saisit la colonne vertébrale de ses doigts glacés. Ce loup était tout sauf amical et il semblait bien trop intéressé par sa personne.

— Non, non, non, dit-elle dans un souffle en collant le dos au mur.

C'était peut-être son imagination, mais elle avait l'impression que le loup la regardait avec un sourire démoniaque. Comme s'il voulait la mordre, l'infecter. La rendre comme lui. Elle lui lança la lampe en pleine tête, pour essayer de le faire fuir, mais sans le moindre résultat.

Quand le loup se retrouva à quelques dizaines de centimètres d'elle, il s'arrêta et regarda vers l'escalier. Elle inspira brutalement en voyant émerger une forme massive des escaliers. L'homme leva les yeux et Penny reconnu les yeux verts d'Harlan.

Il était venu pour elle, pour la sauver.

Son sang ne fit qu'un tour quand elle vit qu'il était complètement nu, son corps magnifique ondulant à chacun de ses mouvements, alors qu'il s'avançait pour maîtriser le loup enragé. Harlan fonça dans le loup avec la puissance d'un camion et ils roulèrent dans le couloir, les membres sens dessus dessous, avant d'heurter une porte avec un bruit affreux.

Après un moment d'affrontement, Harlan réussit à s'enrouler autour du loup et à le maîtriser alors qu'il se débattait et bougeait dans tous les sens pour se libérer.

— Retourne dans la chambre, grogna-t-il.

Il lui fallut bien trop de temps pour comprendre qu'il s'adressait à elle. Elle se mit à courir, les dépassa et se réfugia dans la chambre qu'elle occupait plus tôt. Elle claqua la porte derrière elle et ferma à double tour. Elle éteignit la lampe torche et s'en débarrassa, puis posa son oreille contre le battant de la porte pour écouter la bataille qui faisait rage de l'autre côté.

Heureusement, la lutte fut brève. Elle entendit la voix étouffée d'Harlan et les gémissements sourds d'inconfort du grand loup. Elle entendit ensuite le bruit de ses griffes se rétablir sur le plancher, puis le bruit de ses grosses pattes qui frappaient le sol alors qu'il s'enfuyait par le couloir et dévalait l'escalier.

Puis ce fut le silence. Un très long silence. Pendant une seconde, Penny pensa qu'Harlan était parti à la suite du loup, pour s'assurer qu'il ne reviendrait pas.

Un coup frappé sur sa porte la fit sursauter, lui bloquant la respiration. Ses mains se portèrent instinctivement à sa poitrine, couvrant son cœur qui lui semblait sur le point de bondir hors de sa poitrine.

— C'est moi. La voix rocailleuse d'Harlan lui donna la chair de poule sur les bras et la nuque, mais ses doigts étaient déjà en train de déverrouiller la porte.

Quand elle l'ouvrit d'un grand coup, ce fut pour tomber sur Harlan, emplissant l'embrasure, un fin tissu de coton enroulé autour des hanches. Les muscles puissants de son torse étaient à eux seuls très intimidants et elle se retrouva à reculer devant lui.

— Je ne devrais pas être là, dit-il, d'une voix caverneuse. Tout en parlant, il suivit de tout près Penny dans la chambre agréablement chauffée par le feu de cheminée.

Elle ouvrit grand les yeux alors que la lumière du feu chassait les ombres de son visage. L'expression d'Harlan était pure sauvagerie, ses grands yeux verts semblaient luire alors qu'il promenait son regard sur son corps. Il avait l'air... affamé.

— Merci de m'avoir sauvée, Harlan, dit-elle en résistant aux frissons qui lui parcouraient la colonne vertébrale.

Ses pieds heurtèrent le bord de son lit de fortune. Elle

déglutit et s'assit, pensant l'apaiser par ce geste. Il semblait dominé par sa partie animale en ce moment précis, la pleine lune donnant l'ascendant au loup sur l'humain.

Harlan ne releva pas ses remerciements. Il resta debout devant elle pendant un long moment, à la regarder avec un désir intense. Il était à l'unisson de ce qu'elle ressentait pour lui. Ce désir, elle le ressentait avec la même force dans son cœur, alors même qu'elle ne le connaissait qu'à peine.

Le feu grésillait dans la cheminée et réchauffait sa peau, la pleine lune se déversait par la fenêtre et projetait des ombres sur le sol et devant elle, le magnifique Harlan la regardait avec plus de désir qu'elle n'avait jamais vu de sa vie...

Penny n'essaya même pas de résister.

Levant la main, elle l'invita à se rapprocher d'elle. Elle le désirait, désirait le réconforter, le caresser, désirait apprendre les nuances de ce corps magnifique et les blessures de son cœur. Quelque chose en elle lui hurlait de s'approcher, elle le voulait si fort que c'en était presque douloureux.

Harlan tomba à genoux, le fin tissu blanc enserrant ses hanches menaçant de tomber d'une seconde à l'autre. Penny le regardait fixement, passant la langue sur sa lèvre inférieure et le corps tendu par l'anticipation. Quand il tendit la main pour se saisit de l'ourlet de son t-shirt et le lui passer par-dessus la tête, son cœur se mit à battre à tout rompre.

Sans un mot, il la débarrassa ensuite de son jean. Les yeux braqués sur son visage, il dégrafa son soutien-gorge, exposant ses seins à la lumière du feu. Sa poitrine montait et descendait au rythme de sa respiration, hypnotisant le regard d'Harlan et retenant toute son attention.

— Magnifique, dit-il en caressant de sa main ouverte le globe rond et passant son pouce sur sa pointe sombre. Il s'arrêta et retira sa main. Penny…

Il ne semblait pas savoir comment lui demander la permission. Elle remonta sur les genoux et s'avança vers lui, mettant la main sous son menton pour presser ses lèvres contre les siennes. Il répondit au baiser avec un grognement de plaisir, ses lèvres et sa langue se pressant contre elle, caressantes et faisant brûler encore plus haut les flammes de son désir.

Quand il rompit le baiser, il se recula, une expression sauvage et désespérée dans ses yeux verts.

— Il n'y aura aucun retour possible après ça, lâcha-t-il, semblant en plein tourment.

— Il n'y a rien vers quoi je veuille retourner, répondit-elle résolue. Je le veux, Harlan. Je te veux.

— Ce n'est pas une simple aventure, Penny. Tu comprends bien ? Les loups s'accouplent pour la vie.

Un frisson d'excitation lui parcourut la nuque.

Pour la vie.

Quelque chose en elle, des ténèbres cherchant la lumière, une blessure toujours ouverte hurlait, criait son désir pour lui. Pour tout ce qu'il promettait. Une nouvelle vie avec un homme qui la protégerait et la chérirait. Ça ne résoudrait pas tous ses problèmes, mais Harlan serait la fondation sur laquelle elle construirait sa nouvelle vie.

Et ça commençait tout de suite, avec ses lèvres sur les siennes.

— Oui, fut sa seule réponde.

Elle se pencha vers lui et lui offrit ses lèvres, il poussa un grognement de satisfaction.

Harlan s'allongea sur le lit devant le feu et attira Penny sur lui. Leurs bouches se trouvèrent, leurs langues se mêlèrent et leurs souffles ne furent pas long à s'enflammer. Harlan fit glisser ses mains partout sur le corps de Penny, griffant ses seins et ses hanches, explorant les douces courbes de ses fesses.

De son côté, elle ne pouvait pas non plus s'empêcher de le toucher partout. Elle enroula une main sur l'arrière de son cou et de l'autre, elle parcourut les courbes sculpturales de ses épaules et de son dos. Elle souligna la courbure de ses hanches et le V des muscles secs de son bas-ventre, descendant toujours plus bas, jusqu'à ce que ses doigts atteignent le tissu de coton qui couvrait sommairement son énorme membre bandé.

Harlan lui attrapa les mains et les lui monta au-dessus de sa tête, ses lèvres lui coupant le souffle, alors qu'il parcourait la courbe de son oreille et mordillait le long de son cou. Il s'arrêta brièvement pour lui retirer sa culotte, fermant les lèvres sur son téton durci. Sa langue s'enroula autour et commença à lécher la chair douce de son aréole. Puis, il lui écarta les cuisses d'une main, portant sans hésitation les doigts sur les lèvres de son sexe, avant de trouver et commencer à caresser son clitoris.

Penny brûlait de désir pour lui. Ses caresses la rendaient folle, la tuaient, la faisaient désirer si fort qu'il la fasse jouir qu'elle pouvait à peine respirer. Quand il glissa deux doigts épais en elle, l'écartelant et la remplissant sans ménagement, et hurla de plaisir et sentit ses muscles intimes se contracter autour de lui, son désir poussé à son paroxysme.

Il retira sa main et glissa les deux doigts humides sur sa langue, ses yeux se fermèrent une seconde et il grogna en roulant les hanches alors qu'il léchait ses fluides répandus sur ses doigts.

Quand il eut fini, il rouvrit les yeux et la transperça de son regard.

— J'aimerais pouvoir te goûter, mais je ne peux plus attendre. Mon loup te désire trop, dit-il les yeux assombris de désir.

Il hésita

- J'ai peur de perdre le contrôle et de te prendre trop brutalement.

Penny esquissa un petit sourire. Elle leva un sourcil, la solution s'imposant à elle avec une limpide évidence.

— Laisse-moi faire alors, suggéra-t-elle. Je vais m'occuper de toi Harlan, en entier, je peux.

Le visage d'Harlan se durcit. Il arracha le tissu lui ceignant les hanches permettant par la même occasion à Penny d'admirer pour la première fois son membre massif et dur. Sa queue était si longue, si épaisse, si belle, qu'elle en eut l'eau à la bouche et qu'elle sentit ses tétons durcir et son entre-jambe mouiller encore un peu plus.

— Tu peux t'occuper de moi, hein ? demanda-t-il d'un ton taquin.

Une lueur de défi s'alluma dans ses yeux et Penny décida de lui montrer qu'elle était tout à fait à la hauteur de la tâche. Il était massif, oui, mais elle savait aussi qu'Harlan et elle, étaient fait l'un pour l'autre et s'emboîteraient parfaitement, comme deux pièces d'un puzzle.

Elle monta sur lui et l'embrassa profondément. Une des mains d'Harlan s'accrocha à ses hanches et de l'autre, il lui caressa la poitrine. Sans perdre une seconde Penny se saisit de sa verge et soulevant le bassin, le guida vers sa vulve.

Il enfonça les doigts dans la chair de ses hanches, un léger grognement s'échappant de sa poitrine alors qu'elle fermait les yeux et rejetait la tête en arrière. Se mordant la lèvre, elle se baissa sur son membre, s'empalant lentement sur lui, centimètre par centimètre.

Elle gémit, sentant sa queue l'emplir si totalement que c'en était presque douloureux. Elle posa les mains sur le torse d'Harlan et se baissa un peu en avant, bougeant les hanches jusqu'à ce que la sensation d'inconfort disparaisse et que ne reste plus que le plaisir.

Et lentement, elle commença à onduler, d'avant en arrière, avec des mouvements doux. L'emprise des mains d'Harlan sur ses hanches devint douloureuse, son expression était proche de l'agonie. Chaque muscle de son corps semblait subir une tension extrême, dans un effort évident de rester maître de lui-même.

Penny commença à accélérer. Fermant les yeux, elle bougea ses hanches sur un rythme beaucoup plus soutenu, l'enfonçant plus profondément en elle à chaque poussée.

— Mmm, murmura-t-elle.

C'était si bon, mais il manquait quelque chose. Harlan se retenait trop. Elle voulait qu'il prenne le contrôle, qu'il se donne entièrement à elle et leur fasse ressentir du plaisir à tous les deux.

Elle ralentit et s'arrêta, baissant les yeux sur lui. Il leva un sourcil interrogatif.

— Ce n'est pas assez, dit-elle.

Un sourire démoniaque éclaira le visage d'Harlan.

— Tu as besoin du loup, répliqua-t-il.

Sans perdre une seconde, il la souleva et la retourna pour la mettre à quatre pattes en appui sur ses mains et ses genoux. Elle trembla quand il lui caressa la colonne vertébrale du bout des doigts. S'agenouillant derrière elle, il lui attrapa les hanches et lui écarta les genoux sans ménagement.

Il posa sa main à plat sur son dos et la poussa en avant de manière à ce qu'elle se retrouve la tête et le haut de la poitrine posés sur le lit. Elle était nue devant lui, dans tous les sens du terme, exposée et soumise et ça l'excitait comme jamais. Aucun homme ne l'avait jamais possédée de la sorte.

D'une seule poussée Harlan la pénétra, la faisant crier de plaisir. Dans cette position, son membre semblait encore plus gros et la pénétrait plus profondément qu'elle n'aurait cru possible. Il tendit la main et attrapa une poignée de ses cheveux pour la maintenir immobile.

Puis il se mit à la baiser en bonne et due forme. Il commença à la besogner vite et fort. D'une main, il modifia l'inclinaison de ses hanches et de l'autre il lui maintenait le haut du corps. Au début, elle ne comprit pas ce qu'il faisait.

Puis il inclina ses hanches, juste de la bonne façon et là...

— Oh mon dieu, cria-t-elle.

Son gland touchait un point sensible à l'intérieur, encore et encore et encore.

— Tu aimes ça, chérie ? grogna-t-il. C'est comme ça que je fais jouir ma femelle.

Penny ne pouvait pas répondre, voyant déjà mille étoiles alors que son corps se contractait à l'approche de l'orgasme.

— Je vais..., fut tout ce qu'elle réussit à dire avant d'exploser de plaisir.

Penny senti un cri jaillir de sa poitrine, son corps brûlant alors qu'elle s'envolait, ne ressentant plus rien que des vagues de plaisir pendant de longs moments.

— C'est bien, ma belle, lui dit-il.

Il lui relâcha les cheveux et attrapa ses hanches s'enfonçant violemment encore en elle une dizaine de fois avant de se raidir. Un grognement sensuel s'échappa de sa gorge alors qu'il jouissait, déversant sa semence, profondément en elle. Il s'allongea sur elle et la surprit en plantant ses dents profondément dans sa chair, pile à l'endroit sensible où son cou rejoignait la ligne de ses épaules.

Elle eut mal pendant une seconde, une douleur vive, puis une chaleur dorée euphorisante commença à envahir son corps tout entier. Ça lui fit l'effet d'une drogue, elle avait l'impression d'être complètement défoncée, comme si désormais, plus rien de mal ne pouvait lui arriver.

Mais sous cette extase, il y avait quelque chose de

plus fort, de plus intime. Un lien, une connexion, un moyen de sentir l'autre, quelque chose qu'elle n'avait jamais ressenti auparavant. Elle sentait vraiment Harlan, ou du moins comme une lointaine pulsation de son énergie et un faible écho du plaisir qu'il ressentait et de son état émotionnel.

Ses dents quittèrent sa chair, mais le lien demeura. Penny aurait voulu pouvoir trouver les mots pour décrire ce qui était en train de se produire, mais elle était trop submergée par les événements et par le plaisir.

Les gestes d'Harlan se radoucirent et il se retira d'elle. Quand il lui lâcha les hanches, elle perdit l'équilibre et s'écroula, ses jambes ne la portaient plus.

Harlan souffla d'amusement et s'allongea près d'elle sur le lit avant de l'attirer tout près de lui. Penny voulut dire quelque chose, marquer l'importance du moment. Elle avait l'impression qu'il avait posé sa marque sur elle, qu'il l'avait changée, d'une façon fondamentale. Toutes ses inquiétudes semblaient si lointaines, presque irréelles et sans importance.

Mais ses yeux se fermèrent tout seuls et elle s'endormit instantanément.

7

*H*arlan était debout sous la véranda du grand chalet de Winter Pass, les yeux fixés sur les grandes étendues de neige devant lui. Quand il s'était réveillé avec Penny dans les bras et avait remarqué les bleus sur ses hanches et la marque de morsure rouge à la base de son cou, il avait été horrifié. Il avait des souvenirs diffus de la nuit précédente, la plupart tournant autour du fait qu'il avait dû la protéger.

Puis, il avait anéanti tout le travail qu'il avait fait en cédant au désir de son loup et en la baisant comme un fou, dans la meilleure partie de jambe en l'air de sa vie entière, d'ailleurs...

juste avant de planter ses dents dans sa nuque, déchaînant en lui une espèce de magie loup-garou incroyablement puissante et terrifiante. Encore maintenant, alors que Penny n'était pas directement à ses côtés, il pouvait la *sentir*.

Mais pire que de l'avoir rendue folle de lui, il l'avait aussi probablement transformée. Il s'était passé quelques jours entre la morsure de Chase et sa première transformation, mais Harlan ne voyait aucune raison pour que Penny ne se transforme pas elle aussi en louve à la prochaine pleine lune.

Harlan était donc en train de se cacher sous la véranda, se gelant le cul, vu qu'il ne portait que l'un des minces sacs de couchage que Penny avait utilisé pour construire son lit de fortune. Il jura tout haut, furieux contre lui-même de s'être comporté comme un parfait connard.

— Tu parles tout seul ?

Harlan se tourna pour tomber nez à nez avec Penny qui s'avançait vers lui, tenant la lampe torche et le pistolet qu'il lui avait confié.

— Ah, répondit-il, en se frottant l'arrière du crâne. En quelque sorte, oui.

Comment diable pourrait-il se faire pardonner ? Comment quelqu'un s'excusait-il de ruiner la vie de quelqu'un d'autre ?

— Nous devrions rentrer au chalet, dit-elle en regardant ses pieds nus. Tu vas attraper un méchant rhume si tu restes comme ça.

Harlan soupira.

— Les loups ont des supers systèmes immunitaires. Je n'ai pas été malade une seule fois depuis que j'ai été mordu, répondit-il en haussant les épaules.

Penny haussa les sourcils.

— Chouette de savoir qu'il y a des avantages. Elle marqua une pause. Je veux dire... j'imagine que...vu que tu m'as mordue pendant la pleine lune. Je vais me transformer, non ?

Harlan soupira un grand coup, puis hocha lentement la tête.

— T'inquiète.

Penny lui sourit, puis fit un signe de tête en direction du chalet. Tu es prêt ?

Harlan la suivit, essayant d'ignorer l'engourdissement de ses pieds nus foulant la neige. Il était beaucoup plus intéressé par la réaction de Penny. Normalement, découvrir que vous alliez vous transformer en un putain de *loup-garou*, devrait être plus... traumatisant, non ?

Ou peut-être ce manque de réponse était-il justement une manifestation de son traumatisme ? Harlan secoua la tête, ne sachant plus quoi penser. Quand il leva les yeux, il la vit qui le regardait en tenant la porte et qui lui faisait signe de rentrer à l'intérieur.

— Où ranges-tu les serviettes ? demanda-t-elle.

— Dans le placard du couloir, grommela-t-il. Il n'en avait que trois de toute façon. Il n'était pas du genre à s'accrocher aux... *trucs*.

Mais ça devrait changer, maintenant qu'il devrait s'occuper d'elle. C'était une femme formidable qui méritait autant de *trucs* qu'elle pourrait vouloir. Harlan se rendit dans la salle de bains et enfila un vieux jogging de l'armée avant de s'installer sur le canapé.

Penny s'était approprié l'espace et faisait bouillir de l'eau sur la gazinière. Elle semblait en pleine réflexion et il se garda bien de l'interrompre. Quelques minutes plus tard, elle lui apporta une serviette imbibée d'eau chaude et une tasse de thé.

— La serviette c'est pour tes pieds et le thé te réchauffera de l'intérieur, lui dit-elle, les lèvres légèrement remontées par un sourire.

Elle s'assit dans le fauteuil, sirotant sa propre tasse de thé. Harlan remonta les pieds sur le canapé et les enveloppa dans la serviette chaude en soupirant de soulagement. La sensation de la serviette chaude était divine et le thé le réconfortait agréablement.

Et pourtant, c'était bien le dernier à mériter autant de gentilles attentions de la part de Penny.

— Penny... je suis désolé, lâcha-t-il, tendu.

Elle le regarda incrédule et pinça les lèvres en inclinant la tête.

— Ah oui ? demanda-t-elle. Tu regrettes ?

Il perçut une note de tristesse dans sa voix, ce qui ajouta encore un peu à sa confusion.

— Non... pas du tout, c'était fantastique. Mais t'avoir transformée, oui. Bien sûr que je le regrette. Je ne sais pas comment je ne pourrais jamais me le faire pardonner.

Penny posa sa tasse de thé et fit glisser deux doigts sur la marque de morsure dans son cou.

— C'est assez sérieux, hein, pensa-t-elle tout haut.

Harlan soupira un grand coup et hocha la tête.

— Je crois bien, oui. Je veux dire, je n'y connais pas grand-chose, mais je crois que cette marque nous lie en quelque sorte. Comme si, enfin... je ne serais plus capable... d'aimer une autre femme, plus jamais.

Harlan baissa la tête et se frotta le visage. Il ne présentait pas bien les choses.

— J'ai laissé mon loup prendre le contrôle. Je n'ai pas pensé... Je n'ai jamais voulu t'arracher à ta vie de la sorte, je te le jure. Je n'ai jamais voulu te retenir prisonnière ici avec moi, Penny. Il leva la tête, suppliant presque, même s'il savait qu'il ne méritait pas son pardon. Je te le jure, je vais construire un plus joli chalet, si c'est ce que tu veux...

— Harlan, l'interrompit-elle en levant la main. J'étais consentante. Tu le sais, n'est-ce pas ?

Il ouvrit la bouche, mais aucun son n'en sortit. D'abord l'incrédulité, suivie par une avalanche de soulagement. Elle savait ce qui allait se passer... ça ne l'excusait pas vraiment, mais ça permit au nœud qui s'était formé dans son estomac de se détendre un peu.

— On peut même dire, continua-t-elle en perdant son sourire, que je me suis servie de toi. Tu n'étais franchement pas dans ton état normal hier soir et je... je t'ai encouragé. Je te voulais.

Elle rougit fortement après cette dernière déclaration, ce qui excita l'intérêt de son loup. Harlan leva presque les yeux au ciel de voir à quel point son loup était obsédé par elle. Mais c'était vrai, Penny était absolument magnifique et sentait terriblement bon, là maintenant, tout de suite...

Couché, le toutou !

— Penny, tu n'aurais jamais pu me forcer à le faire si je n'en avais pas eu envie, clarifia-t-il en la regardant sévèrement pour calmer un tant soit peu sa libido débordante.

— Oui, et bien. Te voilà coincé avec une prof d'art plastique au chômage et assez peu douée pour la romance, se lamenta-t-elle. Je crois que c'est plutôt toi le perdant dans l'histoire.

Harlan renifla.

— Tu crois qu'un ancien soldat, devenu loup-garou et souffrant de stress post traumatique c'est mieux, peut-être ? Tu es folle. J'ai gâché ta vie, Penny. Tu ne pourras jamais plus retourner en ville, enseigner dans une école, ni vivre une vie normale.

— Harlan, il n'y a rien vers quoi j'aie envie de retourner, insista-t-elle en plissant les yeux.

Harlan marque une pause.

— Est-on vraiment en train de se disputer pour savoir lequel d'entre nous est coincé avec l'autre ? demanda-t-il avant de se mettre à rire.

— Non... c'est ridicule, dit-elle en exhalant un soupir. J'imagine que tant qu'à mordre une fille au hasard, autant en choisir une qui n'a pas de vie, hein ?

Le sourire d'Harlan s'évanouit.

— Tu sais que tu n'es pas n'importe quelle fille, n'est-ce pas ? Les loups trouvent leurs compagnons grâce au destin, rien de moins, l'informa-t-il.

Penny grogna, l'air sceptique.

— Je n'y crois pas une seconde, dit-elle. En quoi serait-on faits l'un pour l'autre ?

Harlan la regarda avec étonnement. Il déplia la serviette drapée autour de ses pieds et se leva. Il marcha vers elle et lui tendit une main. Elle la prit, hésitante et se laissa redresser par lui.

— Je n'en sais rien Penny, mais peut-être parce que tu es belle, intelligente et douce ? lui dit-il en glissant une main autour de sa taille et en baissant les yeux sur elle.

Quand elle renifla, il se serra contre lui.

— Je suis sérieux. C'est pas parce qu'un autre type naze n'a pas vu à quel point tu étais fabuleuse que ç'en est moins vrai.

L'expression de Penny se modifia et laissa entrevoir une lueur d'espoir.

— Tu es sérieux ? demanda-t-elle doucement.

— Oh que oui, répondit-il.

Il l'embrassa d'un baiser long, puissant, ne la laissant partir que quand elle fut à court d'air. Elle leva les bras et les enroula autour de sa nuque, pressant doucement son corps contre le sien. Harlan ne put plus résister, le cerveau rempli d'images concernant la suite de cette étreinte... dans la chambre. Quand elle rompit le baiser et se recula, et qu'il vit ses grands yeux le regarder, ses lèvres pulpeuses, son cœur sembla gonfler dans sa poitrine.

— Je ne connais pas grand-chose à toute cette histoire de compagnons, mais je suis heureux de pouvoir en apprendre plus à tes côtés, lui dit-il.

Les larmes perlèrent aux yeux de Penny. Elle posa sa tête contre lui et le serra dans ses bras de toutes ses forces. Il crut qu'il allait exploser tant le bonheur qu'il ressentait était intense. Il n'avait pas ressenti ça depuis... il n'avait jamais ressenti ça en fait.

Il n'avait jamais été aussi heureux. Penny était une sorte de miracle venu éclairer sa vie merdique et il était bien résolu à faire de son mieux pour qu'elle soit aussi heureuse que lui.

La radio près de la porte se mit à grésiller et Harlan grogna. Son bonheur allait devoir commencer dès aujourd'hui, après qu'il ait informé Paxton et Chase des événements de la veille.

Ils n'allaient pas vraiment être emballés, c'était le moins qu'on puisse dire.

— Je dois aller parler aux autres, lui dit-il en la repoussant tendrement.

— Bien sûr, vas-y, dit-elle en haussant les épaules, mais sans réussir à cacher l'inquiétude qui lui étreignit le cœur.

— Tout va bien se passer. Laisse-moi m'occuper d'eux, en attendant... Harlan alla vers le placard du couloir, appuya sur quelques interrupteurs et sortit un ordinateur portable. J'ai pensé que tu pourrais commencer à regarder quelques trucs en ligne à acheter, pour rendre ton séjour ici un peu plus confortable. Nous pourrons aller chercher tes affaires en ville quand tu seras prête, mais en attendant... et bien, j'en sais franchement rien.

— Oh, Harlan... dit-elle en se mordant la lèvre. Je n'ai pas mon portefeuille. Et même si je l'avais...

Harlan l'interrompit d'un petit rire.

— J'ai oublié, excuse-moi, tu ne connais pas grand-chose de moi, ou de la Triade. Nous sommes ce que l'on pourrait qualifier d'investisseurs très stratégiques... nous investissons dans les secteurs porteurs et vendons au bon moment.

Penny le regarda d'un air interrogatif.

— Ouais, dit-il d'une voix traînante. Tu as juste besoin de savoir que tu n'auras rien besoin de payer toi-même. Et même, tu n'auras plus besoin de travailler, à moins que tu ne le désires. Et quand tu seras prête, nous nous construirons une belle et grande maison pour y vivre tous les deux.

— Qu... je ne...où allons-nous construire cette maison ? commença-t-elle un peu perdue.

— Ici, peut-être. Ou ailleurs, lui répondit-il en haussant les épaules. Nous pourrons en discuter quand je reviendrai. Je nous rapporterai de bons steaks et je nous préparerai le dîner. Comme une sorte de soirée romantique, ça te dit ?

Penny se mit à rire en se réinstallant dans le fauteuil d'Harlan.

— Ça m'a l'air parfait, répondit-elle.

— Reste ici sans bouger, lui dit-il avec un clin d'œil. Je serai de retour dans moins d'une heure.

Attrapant sa veste, Harlan parti résolument affronter la confrontation qui l'attendait.

8

Alors qu'Harlan tardait à revenir et que l'heure prévue était largement dépassée, Penny commença à s'inquiéter. Deux heures après, elle enfila son manteau et s'aventura dans la neige, remarquant que le soleil avait commencé à tasser la neige autour du chalet. Elle pourrait donc sous peu, aller récupérer ses affaires dans la voiture.

Elle se dirigea vers le grand chalet, fronçant les sourcils en apercevant quatre pick-up noirs garés devant, chaînes aux pneus. Il ne s'était passé que quelques heures depuis qu'elle avait quitté le grand chalet ce matin et ces pick-up n'avaient pas été là. De plus, il y en avait quatre et seules trois personnes vivaient à l'année à Winter Pass... le compte n'y était pas.

Puis elle entendit les voix, il y en avait bien trop pour qu'elles puissent être celles d'Harlan, Chase et Paxton. Se glissant vers les marches à l'arrière du chalet, elle se colla au bâtiment et glissa tout doucement le long de la véranda pour se rapprocher des voix. Quand elle passa la tête pour jeter un coup d'œil, elle vit que trois des voitures étaient garées coffre à coffre et que leurs plateformes arrières étaient chargées de trois cages en métal, massives et brillantes.

Trois cages d'argent maintenant prisonniers, trois loups aux crocs dénudés. Même de l'endroit où elle se trouvait, elle pouvait sentir la présence d'Harlan et il lui semblait qu'il était blessé.

Elle cligna des yeux, prenant conscience qu'elle parvenait à percevoir dans les moindres détails son environnement. Alors qu'elle observait les sept hommes dans leurs habits de camouflage blancs, elle put distinguer les taches de rousseur sur le dos de la main de l'un d'entre eux, alors qu'il était debout en train de fumer et de discuter avec les autres.

Que se passait-il ? Ils étaient à des centaines de mètres d'elle et pourtant, elle parvenait à voir... *absolument tous les détails*.

Elle se reprit et essaya de se concentrer et diriger son attention vers le son de leurs voix, soudainement devenues très audibles, malgré l'angoisse diffuse qu'elle ressentait à entendre les trois loups grogner et mordre en vain leurs cages. Penny essaya de voir si les hommes étaient armés. Aucun d'entre eux ne semblaient tenir d'armes dans leurs mains, mais elle vit plusieurs armes suspendues dans leurs holsters à leurs hanches.

Le vent se mit à souffler plus fort pendant un moment et les loups se turent quelques secondes, avant de recommencer à grogner de plus belle. Penny était persuadée qu'ils avaient pu la sentir, qu'ils savaient qu'elle était tout près d'eux.

Puis le vent changea de nouveau de direction et lui souffla droit dessus. À moitié consciente de ses actions, elle se redressa et huma l'air. L'odeur métallique du sang qu'elle perçut la surprit, elle était mêlée à une odeur musquée qu'elle ne connaissait que trop bien.

Harlan.

Elle ne chercha pas à savoir comment il était possible qu'elle sache cela. Elle ne pensa d'ailleurs à rien. Elle resta debout, un instant, pensant à Harlan avant que son champ de vision ne vire au rouge. Harlan, le seul homme honnête, aimant qu'elle n'ait jamais rencontré avait été chassé, emprisonné et blessé par ces... meurtriers.

Et ils n'allaient pas se contenter de lui faire du mal. Ces bâtards allaient le tuer. Ils allaient tuer *son* homme. *Son* mâle.

— Non, murmura-t-elle, dans un souffle emporté par la brise.

Quelque chose, tout au fond d'elle, quelque chose de sombre était en train d'essayer de remonter à la surface, luttant pour se libérer. Cette chose reniflait le sang et sentait l'odeur de son mâle.

Elle hurlait vengeance.

Puis Penny fut aveuglée par la douleur et perdit conscience.

9

*P*enny ouvrit les yeux. Elle frissonna. Il faisait froid dehors et elle était nue.

Elle commença à bouger, prenant graduellement conscience qu'elle gisait dans la neige. Elle se mit à quatre pattes. Un bref coup d'œil sur ses mains et ses cuisses et elle vit qu'elle était couverte d'un rouge sombre et glacé.

Du sang.

Elle entendit un halètement doux. Elle leva les yeux et vit Harlan transformé en loup qui faisait les cent pas dans sa cage. Il poussait de petits cris plaintifs, grattait les barreaux, puis se reculait.

Penny se força à se relever et tituba vers la cage. Elle l'ouvrit, les doigts tremblants ignorant la brûlure que lui causait le contact de l'argent sur sa peau.

Le loup bondit hors de la cage, sauta à bas de la plate-forme arrière du pick-up et vient frotter sa tête contre sa jambe. Elle sentit son inquiétude.

Penny ferma de nouveau les yeux, elle était déjà

inconsciente avant même de sentir l'impact de son corps sur le sol.

— Penny.

De la chaleur. Elle se blottit dans cette sensation agréable, pas encore prête à se réveiller.

— Penny ?

Ce son... elle aimait ce son. C'était la voix de quelqu'un d'important...

Harlan. C'était la voix d'Harlan.

Elle se força à ouvrir les yeux. Elle était enveloppée dans les couvertures d'Harlan et gisait, étendue sur son lit. Quant à lui, il était penché sur elle, le front plissé d'inquiétude.

— Mmmf. Ce fut tout ce qu'elle réussit à dire.

— Il faut que tu boives ou que tu manges quelque chose, lui dit-il. Viens, je t'aide à te lever.

Il lui glissa une main derrière la nuque et l'aida à se pencher en avant, le temps de lui glisser des oreillers dans le dos. Ce simple mouvement fit hurler de douleur le moindre muscle de son corps.

— Mais qu..., marmonna-t-elle, ne sachant pas pourquoi elle se sentait si mal.

— Bois un peu d'eau, d'accord ? lui dit-il.

Elle aspira une gorgée à travers la paille qu'il lui tendit et se réadossa en soupirant.

— Tu es restée inconsciente pendant deux jours, lui dit-il. C'est toujours comme ça après la première transformation. Du moins, c'est comme ça que ça s'est passé pour moi.

— Première transformation ? demanda-t-elle en plissant les yeux, le cerveau comme empli d'un millier de boules de coton.

— En loup, oui.

Harlan la regarda avec inquiétude.

— Ohhhh, dit-elle enfin en hochant vigoureusement la tête. Le sang... la neige... Oh mon Dieu, je les ai tués, n'est-ce pas ?

— Tu nous a sauvés plutôt, lui dit Harlan. Et je suis presque sûr que tu n'en as tué qu'un seul. Les autres sont remontés dans leurs grosses voitures et ont foutu le camp.

Penny grimaça.

— Est-ce que ça fait de moi un monstre ? demanda-t-elle, terrifiée par ce qu'il pourrait lui répondre.

Elle ne se rappelait même pas s'être transformée, ni rien de ce qu'elle avait pu faire ensuite, mais il avait toutes les raisons d'être dégoutté par elle. Après tout, elle avait *tué* quelqu'un. Et de sang-froid, semblait-il.

— Oh ma chérie, dit-il. Il se pencha vers elle, l'entoura de ses bras et la serra contre lui. Tu as seulement fait ce que j'aurais voulu être capable de faire moi-même. Tu as protégé ton mâle. Si ç'avait été toi, enfermée dans cette cage, blessée, crois-moi, j'aurais fait bien pire.

— Tu n'es pas fâché ? Tu ne vas pas, genre, me foutre dehors ou je ne sais pas... ? continua-t-elle interloquée.

— C'est ce que tu ferais à ma place ? demanda-t-il en se reculant pour mieux la regarder.

— Bien sûr que non !

— Bon, et bien je crois que je vais devoir te garder finalement, lui dit-il en la gratifiant d'un sourire coquin.

— Oh, murmura-t-elle, submergée par le soulagement.

— Ça ne te dérange pas ? D'être ma prisonnière, je veux dire ? demanda-t-il en haussant un sourcil.

Un petit sourire s'élargit sur les lèvres de Penny.

— Pas tant que c'est toi mon geôlier, déclara-t-elle.

Avant qu'elle ne puisse en dire plus, il l'embrassa, d'un baiser long et doux. À ce moment précis, Penny se dit qu'elle était la louve la plus chanceuse de la planète.

Elle enroula les bras autour du cou de son mâle remerciant le destin de l'avoir mis sur sa route.

10
___

— **M**erde.

Paxton leva les yeux vers Chase qui était assis dans la chaise en face de lui, sous le porche du grand chalet, alors qu'il était occupé à profiter d'une matinée d'hiver particulièrement douce. Chase parcourait une pile de lettres, les ouvrant les unes après les autres, tout en buvant son café.

— Quoi ? lui demanda Pax en levant les yeux vers lui, tout en sirotant lui aussi une tasse de café.

— Rien, répondit ce dernier en évitant de croiser son regard et en fourrant une enveloppe ouverte sous la pile de courrier qu'il tenait.

— T'es franchement le pire menteur que j'aie jamais rencontré, lui dit Pax en se saisissant de l'enveloppe. Je ne sais pas comment tu fais pour survivre dans le monde actuel sans pouvoir prononcer le moindre bobard.

— Pax, si j'étais toi, je ne ... commença Chase.

Trop tard.

Pax retira la jolie invitation cartonnée de son enveloppe et lu ce qui était inscrit dessus.

ÉPILOGUE
JOIGNEZ-VOUS À NOUS !

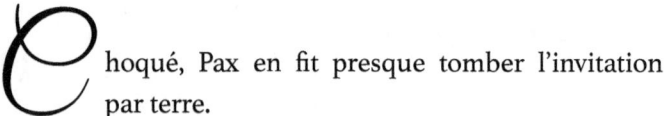

Mademoiselle Brooke Ann Harbin
Et Monsieur Travis Steven Marchand
Sont heureux de vous inviter à célébrer leur mariage !

Choqué, Pax en fit presque tomber l'invitation par terre.

— Ta sœur se *marie* ? demanda-t-il sans en croire ses yeux. Et tu n'as pas pensé à m'en informer, Chase ?

— Pax, mec, je suis désolé, vraiment... commença-t-il en se levant de sa chaise, mais Pax était déjà en train d'arracher ses vêtements et de se transformer en loup.

C'en était trop. Que Brooke puisse ainsi appartenir à un autre homme, pour toujours...

Cette pensée le meurtrissait, l'écœurait. Il avait besoin de fuir, de s'échapper de lui-même, de la compagnie de Chase, pendant quelques temps.

Se mettant à courir, Pax dépassa rapidement le chalet de Winter Pass, souhaitant pouvoir abandonner son humanité, la fuir pour un moment, suffisamment long pour pouvoir l'oublier, *elle*...

BULLETIN FRANÇAISE

REJOIGNEZ MA LISTE DE CONTACTS POUR ÊTRE DANS LES PREMIERS A CONNAÎTRE LES NOUVELLES SORTIES, OBTENIR DES TARIFS PREFERENTIELS ET DES EXTRAITS

https://kaylagabriel.com/bulletin-francais/

DU MÊME AUTEUR

Les Guardiens Alpha

Ne vois aucun mal

N'entends aucun mal

Ne dis aucun mal

L'Ours éveillé

L'Ours ravagé

L'Ours règne

Les Guardiens Alpha Coffret

***

Ours de Red Lodge

Le Commandement de Josiah

L'Obsession de Luke

La Révélation de Noah

Le Salut de Gavin

La Rédemption de Cameron

ALSO BY KAYLA GABRIEL

Alpha Guardians

See No Evil

Hear No Evil

Speak No Evil

Bear Risen

Bear Razed

Bear Reign

Alpha Guardians Boxed Set

———

Red Lodge Bears

Luke's Obsession

Noah's Revelation

Gavin's Salvation

Cameron's Redemption

Josiah's Command

Finn's Conviction

Wyatt's Resolution

———

Werewolf's Harem

Claimed by the Alpha - 1

Taken by the Pack - 2

Possessed by the Wolf - 3

Saved by the Alpha - 4

Forever with the Wolf - 5

Fated for the Wolf - 6

ÀPROPOS DE L'AUTEUR

Kayla Gabriel vit dans la nature sauvage du Minnesota où elle jure apercevoir des métamorphes dans les bois qui bordent son jardin. Ce qu'elle aime le plus dans la vie, ce sont les mini marshmallows, le café et les gens qui se servent de leurs clignotants.

Contactez Kayla par
e-mail: kaylagabrielauthor@gmail.com et assurez-vous de vous procurer son livre GRATUIT :
https://kaylagabriel.com/bulletin-francais/
http://kaylagabriel.com

www.ingramcontent.com/pod-product-compliance
Lightning Source LLC
LaVergne TN
LVHW011847060526
838200LV00054B/4214